JN088384

幼なじみが絶対に負けないラブコメ

OSANANAJIMI GA ZETTAI NI
MAKENAI
LOVE COMEDY

4

［著］
二丸修一
SHUICHI NIMARU
［絵］
しぐれうい

プロローグ

＊

『な、何だか、不思議な感じだな……』

俺の家のキッチンに美人女子高生作家――白草《しろくさ》がいる。それだけでも目を疑いたくなるような光景なのだが、しかもエプロン姿だ。クールさの中にエプロンという家庭味が加わり、片手剣から二刀流になったかのようなパワーアップ感がある。

心配だったが、手際《てぎわ》もいい。野菜を切る音のリズムは軽やかで、炒《いた》めるのと同時に漂ってきた玉ねぎの匂いが食欲を刺激する。

メイドさんが料理役と思っていたのだが、違うらしい。彼女は少し離れたところでただ立っているだけであり、本当に監視だけが仕事のようだ。

白草《しろくさ》が作ってくれたのはオムライスだ。俺の前に差し出し、自らはすぐ右隣に座った。

……って、何で向かいじゃなくて隣？

『ほら、スーちゃん……あーんして？』

美しい黒髪を耳にかけ、白草《しろくさ》はオムライスを載せたスプーンを差し出してきた。

『えっ⁉　ええっっ⁉　いやいや、シロ、それはマズいんじゃ……』

『だってスーちゃん、左手じゃスプーン使いにくいでしょ？』

『まあ、その通りなんだが……』

俺の右手はしっかりギプスで固められている。左手で食べるのは不可能じゃないが、使いづらいことは確かだ。

『ほら、あーんして。あーん……』

普段は冷徹な白草《しろくさ》から放たれる、甘い甘い、砂糖菓子のような誘惑。

俺の脳みそはその圧倒的糖度にすぐさまとろけ、頬を緩めて口を開けた。

『じゃ、じゃあ……あーん……』

『……はい、どう、おいしい？』

『――っっ！　うまい！　シロ、から揚げしか作れないと思っていたぜ！』

白草《しろくさ》は赤面し、熱くなった頬を両手で冷やした。

『そうだったのだけれど……無理せず、レシピ通り作れば大丈夫って気がついたの。何でも無理しちゃダメなのね。スーちゃんの言っていた通りだったわ』

『そ、そうか。わかってくれてよかった――って……シロ……手が俺の太ももに……』

『食べて欲しいのはね……料理もだけど……』

『だけど……？』

『本当に食べて欲しいのは――わ・た・し……』

俺の血圧が振り切れる。頭は興奮と混乱でパンク寸前だ。

『だ、ダメだ、シロォォ！　メイドさんが見ているぞォォ！』

『ふふっ、あの子は私の言うがままよ……。とっくに立ち去っているわ……。だからこの場は二人だけ……』

『何だとォォォ！　本当だ！　いつの間にかいない！』

首を振って周囲を見回すが、白草《しろくさ》と一緒に来たはずのメイドさんはどこにもいない。

その間にも、とろん、とした目の白草《しろくさ》がさらに近づいてきていた。

『スーちゃん、私とえちぃこと、したい……？』

『え、えちぃことって……？』

『ふふっ、わかってるくせに……。それで、したいの……？　したくないの……？』

太ももに置かれた人差し指が、ツーっと俺のズボンをゆっくりとなぞる。

あまりに甘美なソフトタッチ。

快感が電気となって背中を貫き、全身を骨抜きにする。

や、ヤバい。気を張っていないと身体《からだ》が溶けてしまいそうだ……。

『ど、どちらかといえば……したい、けど……』

『どちらかといえば……？』

『つっっ⁉』

白草《しろくさ》がしなだれかかってきた。俺の肩に白草《しろくさ》の頭が載っている。

太ももの上に載せられた人差し指は甘えたいと言っているかのごとく優しく何度も円を描いている。肩に感じる白草《しろくさ》の頭の重みと温《ぬく》もりは、憧れの女の子と触れているという事実を否応《いやおう》なく突き付けてくる。

『はぁ……』

ため息が出た。空気が薄くて辛《つら》い。

しかし息を吸えば吸うほど長く美しい黒髪からシトラスの香りが漂ってきて、鼓動をさらに加速させる。

『ねっ……えちぃこと……したく、ない……？』

『し、したいです！　滅茶苦茶《めちゃくちゃ》したいです！　だけど……っ！』

『けど……？　したい、だけじゃダメなの……？』

『だ、ダメじゃ……な……』

『もういいわ……しゃべらないで……』

白草《しろくさ》の顔はすでに俺の正面十センチのところにある。

それが五センチのところまで近づいてきて。

そしてすぐさま〇センチに――

「って、期待をしていたんだよ、哲彦《てつひこ》」

「気っっっっっ持ち悪いな、お前！」

哲彦《てつひこ》の罵倒がトイレの中に木霊《こだま》する。

そう、俺は今、我が家のトイレに陣取って哲彦《てつひこ》と携帯で電話をしていた。

こんなことになっているのも、理由がある。

「うるせぇ！　俺はな、現実の厳しさにだな――」

「はいはい、わかったからさっさとリビング戻れよ。トイレに長居しすぎるのもおかしいだろ？」

「ぐっ――」

その通りなだけにぐうの音も出ない。

「……わかった」

「おい、お前のクッソくだらない妄想を聞いてやったことに対するお礼は？　こんなの聞いてくれるのキャバ嬢のねーちゃんくらいなんだけど？」

「高校生でキャバ嬢を例えに出さないでくれる？　お前ナチュラルに闇が深くてビビるわ」

「高額報酬もらわねーと割に合わねぇって意味だバカ」

「……はい、すいません。聞いていただきありがとうございます……」

「一つ貸しだからな」

「……いや、ちょっと待て。お前、こういう経験あるだろ？　経験者として、一つくらいアドバイスを——」

大きなため息が一つ。その後、呆《あき》れた感じの声が返ってきた。

「オレならな、主導権を握って『しつける』。できるかどうかは別として、その意気込みでやる」

「……できそうにない場合は？」

「逃げる」

「……逃げられないときは？」

「耐えるしかねぇな」

「……耐えられなければ？」

「死ね」

「……死にたくないときは？」

「祈れ」

あーはいはい、予想される結末はそういうことね。

「まあ、骨は拾ってやる。存分に〝楽しんでこい〟」

と、ここで通話は切れた。

「………………………………………………………はぁ」

無意識に大きなため息が出た。

哲彦《てつひこ》が言っていることはすべて正論だ。少なくともトイレにこもっていても問題は解決しない。

「――よしっ!」

俺は両頬を叩《たた》いて気合いを入れ、トイレを出た。

鉛がついているかのように足が重い。しかし気力を振り絞り、リビングに戻った。

「ハル、随分遅かったね」

「スーちゃん、お腹痛《なか》いの？　病院行く？」

「誰かさんが悪いものでも食べさせたんじゃないですか？」

空気が張り詰めている。三人の可愛《かわい》らしい少女たちは、可愛《かわい》らしいだけでは収まりきらず、背後に凶悪な獣を従えているかのごときオーラを放ちつつ、虎視眈々《こしたんたん》と爪を研いでいる。

そう、これが俺がトイレに逃げ込んでいた理由だ。

お腹《なか》痛い……。もう一度トイレに行こうかな……。

「桃坂《ももさか》さん？　あたしを見て言わないでくれる？　夕食はそこのメイドさんが作ってくれたんだけど？　そうよね、大良儀《おおらぎ》さん？」

「……ええ、その通りですが、何か問題でも？」

淡々とつぶやいたのはメイド服の少女だ。

大良儀《おおらぎ》　紫苑《しおん》──という名前らしい。年は同じ。しかしその他の情報は今のところ不明だった。

顔立ちは凄《すご》く整っている。しかし何というか──メイドっぽくない。

特徴は寝ぼけ目だ。ショートヘアーで、後頭部よりもサイドから前髪にかけてが長いという髪型をしている。

気になるのは動くと妙に機敏で元気な感じがする点だ。そのせいか、あまり知的な雰囲気が感じられない。おかげでキャラクターを摑《つか》み切《き》れないでいる。

「じゃあ誰が悪いんですか？　モモが来たときには末晴《すえはる》お兄ちゃんの顔色が悪かったんですけど？」

この中で一番遅れてやってきた妹系美少女──真理愛《まりあ》が先にいた二人を非難するように言う。

すると──

「車の中で私たちが泊まり込みするって決まったとき、スーちゃんの顔色は良かったわ。ということで志田《しだ》さんのせいで決まりね」

ちょっとポンコツなところがあるクールな美人小説家──白草《しろくさ》はそう断言した。

一斉に責められた世話焼きお姉ちゃん系幼なじみ──黒羽《くろは》はトレードマークのクローバーの

髪飾りを振り乱し、激高した。

「何言ってるの！　ハルの顔色はあたしと下校してるときまでよかったから！　原因は可知《かち》さんが常識外れの提案をしてきたからでしょ⁉　責めるべきはあたしじゃなくて可知《かち》さんじゃない⁉」

「……あの、三人とも……もう少し仲良くやってくれるとありがたいんだが……」

誰もこの場を収める人間がいない。

なので俺はビクビク怯《おび》えつつ、勇気を振り絞って止めたのだが――正直三人を抑えきれる自信はまったくなかった。

……もしこの現場を見て、『羨ましい』と思っているやつがいたら、俺は一言言いたい。

（めっっっっっっっっっちゃ怖いんだけど！　マジで！）

三人とも可愛《かわい》い。物凄《ものすご》く可愛《かわい》い。無茶苦茶可愛《かわい》い。それぞれ個性が違っていて、しかもそれぞれが魅力的だ。

それはわかってる！　十分に承知してる！

だから今の状況を贅沢《ぜいたく》と言うやつの気持ちもわかる。俺も当事者じゃなかったら、そう言うかもしれない。

でもな！　違うんだよ！　よく考えてみて欲しい！

凄《すご》く可愛《かわい》い猫でもね、もしも虎みたいな爪を持っていたらどう？　蛇みたいに舌を伸ばした

らどう思う？　凶暴な狼《おおかみ》のように吠《ほ》えてきたら怖くない⁉

やっぱり憧れるのはあま～いキャッキャウフフのドキドキライフだろう？　冷静に見ると、ここ地獄の一丁目だよ？　一回間違えたら終わりの脱出ＲＴＡ《りあるたいむあたっく》なんだよ？

ううっ、また胃が痛い……寿命が縮まりそう……誰か助けて……。

そんな俺の葛藤を知ってか知らないでか、真理愛《まりあ》が俺の言葉を受けて頷《うなず》いた。

「まあ、そうですね。末晴《すえはる》お兄ちゃんが仲良くしろって言うなら仲良くしましょうか」

「桃坂《ももさか》さん、言っておくけど、フリでは意味がないわよ？」

「そう言う可知《かち》さんこそ『仲良く』の意味わかってるか怪しいんだけど」

「小説家に言葉の意味を尋ねるなんていい度胸ね。あなたこそ辞書を引き直してきたほうがいいんじゃないかしら？」

「小説家さんって、感じ悪いんですね。モモ、真実見ちゃった気分ですぅ」

「あなたね――っ！」

誰か一人だけの肩を持つことはできないし……『喧嘩《けんか》はやめろ！』と言っても収まらないことは確実だし……。下手を打った場合、血の雨が降りかねない。

「っ……本当は私だけのはずだったのに……」

舌打ち混じりにつぶやかれた白草《しろくさ》の言葉を、黒羽《くろは》と真理愛《まりあ》は聞き逃さなかった。

「そんなこと許すとでも？　あたし、家が隣。情報筒抜け。アンダースタン？」

「ふふふ、見通しが甘いと言わざるを得ませんね。モモが見逃す？　ありえませんね。もう策は尽きてしまいましたか？　まだあるならどうぞ？」

「っっ～～！」

恐ろしい三人のにらみ合いを見て、『よしっ、現実逃避しよう！』と一秒で決めた俺はテレビに挿すヘッドホンを探し始めた。

（どうしてこうなった……）

本来は白草《しろくさ》と大良儀《おおらぎ》さんだけだったのに、いつの間にか黒羽《くろは》と真理愛《まりあ》もやってきていた。

まず黒羽《くろは》。

車の中で白草《しろくさ》が俺の家に泊まり込むことが決まった後、黒羽《くろは》はこう言い出したのだ。

『――じゃあ、あたしも泊まります。いいですよね？』

白草《しろくさ》が泊まり込む以上、自分が泊まってはいけない理由などない。それが黒羽《くろは》の言い分だった。

『ご両親の了承だけは取るようにね』

白草《しろくさ》の父である総一郎《そういちろう》さんはそう言った。白草《しろくさ》は眉間に皺《しわ》を寄せたが、総一郎《そういちろう》さんは発言を撤回しなかった。この辺りの中立的立ち位置が総一郎《そういちろう》さんの信頼感に繋《つな》がっている。

その後、黒羽《くろは》は母親の銀子《ぎんこ》さんに連絡した。しかし銀子《ぎんこ》さんは仕事中のためか電話に出なかった。やむなく父親の道鐘《みちかね》さんの携帯にかけて事情を説明したが、

『僕は泊まってもいいと思うけど、ちゃんと銀子《ぎんこ》さんの許可を取らなきゃダメだよ』

という返答だった。そのため黒羽《くろは》は宙ぶらりんのまま俺の家に居座り続けている。

で、気まずい空気のまま大良儀《おおらぎ》さんの作った夕食を食べ終えたところに、どこから聞きつけてきたのか真理愛《まりあ》がやってきた。

『末晴《すえはる》お兄ちゃんの危機と聞いて！』

たぶんその場にいた全員が――

（お前が来たほうが事態が悪化する気が……）

と思ったが、善意で来てくれたのに追い返すわけにもいかない。

聞いてみると絵里《えり》さんにお泊まり許可をもらってきたと話したため、迎え入れざるを得なかった――ということで、俺はお腹《なか》が痛くなり、トイレにこもって哲彦《てつひこ》に電話をかけたわけだった。


――ピンポーン。


インターフォンの音に、全員が玄関のほうを向いた。

時刻は二十時半。うちは母親がいないせいで近所付き合いは隣の志田《しだ》家くらい。そのため普通こんな時間に来客はない。

「……誰だ？」

可能性があるのは……哲彦《てつひこ》くらいか。トイレから連絡してたことで、気になって来てくれたとか。……あいつに限ってそれはないか。

だとすると誰だ？　今から三十分ほど前、同じ展開で真理愛《まりあ》がやってきた。そのせいか、黒羽《くろは》と白草《しろくさ》がやけに殺気立っている。

「はーい、丸《まる》でーす！」

「ちょ、オイィィィィ！」

真っ先に動いたのは真理愛《まりあ》だった。

「お前、何出ようとしてるの⁉　俺の家なんだけど⁉」

「だから丸《まる》でーすって言ったじゃないですか？」

「だから何でお前が丸《まる》って名乗るんだよ⁉」

「将来嫁に来る身としては早めに言い慣れておいたほうがいいと思いまして」

「何さりげなく凄《すご》いこと言っちゃってんのお前⁉」

「聞き捨てならないことを……っ！」

白草《しろくさ》が玄関へ行こうとする真理愛《まりあ》を羽交い締めにして止めた。

それでも怒りが収まらないのか、説教モードで畳みかける。

「桃坂《ももさか》さん！　あなたね！　その図々《ずうずう》しさをもう少し――」

ピンポーンピンポーンピンポーン！

会話を遮るようなピンポン連打。俺はここで客が誰かわかった。

……なるほど。こんな時間にこんなことやるやつは一人しかいないよなぁ。

玄関に行き、いつの間にかかけられていたチェーンを外して扉を開けた。

「スエハル！　声、全部聞こえてたぞ！　あの性悪女、またここに来てるのか！」

「わかったから夜のピンポン連打はやめろ、ミドリ！　ご近所さんに迷惑だろうがっ！」

お説教をしているのに、あいかわらず碧《みどり》は聞く耳を持たない。ふんっ、と言ってそっぽを向き、あからさまな拒絶反応で納得いってないことをアピールしてくる。とはいえ、それ以上突っ込んでも喧嘩《けんか》になるだけなので、俺としては呆《あき》れる以外できることはない。

ため息をついた俺の目に飛び込んできたのは、秋なのに随分薄着な碧《みどり》の格好だった。

そりゃ筋肉があれば寒くないのかもしれないけど、瑞々《みずみず》しい胸や太ももを惜しげもなくさらけ出している。ホント、男子高校生の目には毒のレベル。

こいつ、俺の忠告をまったく聞かないやつだな……。

「で、用は？」

「はんっ、お楽しみ中に邪魔して悪かったな！　用がなきゃ来ちゃダメとは随分お高くとまっちまってるじゃねぇか？」

「いきなりキレんなって。別に来ちゃダメとは言ってないだろうが」

「碧《みどり》、喧嘩《けんか》していたら話が終わらないでしょ。あたしの服と勉強道具、持ってきてくれたならちょうだい」

背後から黒羽《くろは》が現れ、カバンプリーズと言わんばかりに手を前に出した。

あー、なるほどね。そういうことか。

黒羽《くろは》は一度も家に帰ってない。さっきどこかに電話していたみたいだが、家に連絡して必要なものを持ってきてくれるよう頼んでいたのか。

「くろ姉さん、これを」

碧《みどり》の背後から顔を出したのは蒼依《あおい》だった。

「教科書、合っているか確かめてもらっていいですか？」

「ありがと。ちょっと待って」

黒羽《くろは》が蒼依《あおい》から受け取ったカバンをごそごそと漁《あさ》り始《はじ》める。

突如として降って湧いた静寂。

俺の心は疲れ果てていた。そこに現れた蒼依《オアシス》。

俺が蒼依《あおい》に声をかけたのは、砂漠の旅人が水を求めるような心境からだった。

「なぁ、アオイちゃん。この前の旅行、楽しめた？　ほら、俺、最後は怪我《けが》しちゃったから、ゆっくり感想聞けなかったなって思って」

ギプスで固められた右手をアピールしつつ、様子をうかがう。

この子のことだ、きっと――

『すっごく楽しかったです！　また機会があれば誘って欲しいです！』

といった嬉《うれ》しい感想を天使のような微笑《ほほえ》みで言ってくれるに違いない。そういう確信があった。

すると蒼依《あおい》はツインテールを揺らし、期待通りの天使のような微笑《ほほえ》みを浮かべて言った。


「――はる兄さんって、モテるんですね」


「…………………ん？」

驚いてもう一度蒼依《あおい》の表情を確認してみた。

……やはり天使のような微笑《ほほえ》みだ。

「わたしなんかより、くろ姉さんに声をかけてあげてください」

顔は笑っているのに……もしかして……怒ってる？

天使みたいなこの子が？　どうして？

「あ、あの、アオイ……ちゃん……？」

俺が動揺を隠せないまま一歩近づくと、蒼依《あおい》はスッと半歩引いた。

「えっ？　そんな逃げるみたいにしなくても……」

「別に逃げていませんよ。モテるはる兄さんは、わたしなんかに構ってる暇なんてないんじゃないかな、と。それだけです」

「あ、いや、そんな悲しいこと言わな――」

「失礼します」

蒼依《あおい》は深々とお辞儀をすると、俺の返答を待たず踵《きびす》を返して行ってしまった。

すると蒼依《あおい》の背に隠れていた朱音《あかね》が姿を現した。

「って、アカネ、いたのか⁉　どうして隠れていたんだ？」

「あっ……あっ……ハルにぃ……っ！」

朱音《あかね》には珍しく動揺しており、手を突き出してわちゃわちゃと理解不能な動きをしている。

頬が真っ赤だった。熱が伝わって眼鏡のフレームまで赤くなりそうなほどだ。

ホント、朱音《あかね》に何があったのだろうか。

眼鏡越しの目がぐるぐると回っているし、おさげは不安げにゆらゆら揺れ、何か言おうとしても声にならず口をパクパクさせるばかりだ。

「アカネ？」

「っっっっ――」

俺が声をかけると、朱音《あかね》は大きく身を竦《すく》ませた。そして重心を後方に向け、身体《からだ》を覆い隠すように自らを抱きしめた。

何か言いたそうな……でも逃げたそうな……そんな曖昧な空気だ。

なので――

「アカネ？」

俺は刺激をしないようもう一度慎重に語りかけた。しかし赤くなったまま動かない。

言葉では動かないので、俺は緊張を和らげるべく頭を撫《な》でようとした――

「っ⁉」

――が、伸ばした手を弾《はじ》き飛《と》ばされてしまった。

「あ、アカネ……」

う、これはさすがにショック。

こんな拒絶のされ方をするほどのこと、俺、しちゃったたっけ……？

声には出さなかったが、表情で考えていることがわかったのだろう。

「……ゴメン、ハルにぃ。ワタシ、何かおかしい。帰る」

それだけ言って、朱音《あかね》は走り去ってしまった。

ううっ……何だこれ……。

愛すべき妹的少女が二人とも……何があったというんだ……。

「ミドリ、俺、何か悪いことしたか？」

「あれじゃね？　あの子らも年頃だし、お前がいろんな女にデレデレしてるから、愛想尽《あいそつ》かしたんじゃね？」

「いや、そんなことは――」

デレデレしてるつもりは――うっ、いや、してるか――

「不潔だーとか、こんなスケベなやつと話したくないーとか。ほら、あの子ら免疫なさそうだし、そんな感じじゃね？」

「ぐぐぐっ」

碧《みどり》にしては珍しく納得できる意見だ。それは十分にあり得る。

蒼依《あおい》や朱音《あかね》と会って話すとき、今まで一緒にいる女の子と言えば黒羽《くろは》か碧《みどり》ぐらいなものだった。

だが今回の旅行で、蒼依《あおい》や朱音《あかね》にとって未知の年上の女の子――白草《しろくさ》、真理愛《まりあ》、玲菜《れな》と話している俺を見た。自分では差をつけて接しているつもりはないが、まあ水着という悪魔的誘惑があったのも事実。二人から見て『だらしない』『デレデレしてる』みたいな印象を与えてしまったのかもしれない。

これは由々しき事態だ。可愛《かわい》がっている中一双子コンビに避けられるのは、お兄さんとして本当に辛《つら》い……。俺の心はこんなにも癒やしを求めているのに……。

碧《みどり》は心の底から楽しそうに笑った。

「ざまぁ～！」

「ちっ……。『一応』お前も妹のような存在なんだがな……なぜこれほど違うのか……」

「だーれが妹のような、だ。だったらもう少し兄らしくしてみろよ。むしろアタシのほうがお前の世話をしてやってるっつーの」

「どこがだよ。俺、お前の世話になった覚えなんてねーぞ？」

「この前クロ姉ぇが新作料理作ろうとしてたから止めておいた」

「お前、めっちゃいいやつだな！　よしっ、今度アイスをおごってやろう！」

まさか碧《みどり》が密《ひそ》かにそんなファインプレーをしていたとは！　これはこれで大いに評価せねばなるまい！

「ふ～ん、楽しそうな会話ね……。あたしも混ぜてもらっていい……？」

あっ……。そういえば、すぐ近くで黒羽《くろは》がカバンの中身をチェックしていたような……。

「あ～、と、アタシ勉強しなきゃな……。じゃあな、スエハル！」

手を掲げ、反転する碧《みどり》。

ドアを開けようとした隙に俺は詰め寄り、碧《みどり》の手を摑《つか》み取《と》って動きを封じた。

「てめっ、自分で爆弾落としておいて逃げんなっ！」

「きゃ……っ！」

「はぁ!?」

予想外の声に驚いて俺は摑《つか》んだ手をすぐに離した。

えっ、今の声、何？　碧《みどり》の声？

……うっそだー。

「碧《みどり》、悪いけどそういう演技、やめてくれ。お前に似合わねぇって」

「……言っておくがな……アタシだってあの子たちと同様、思春期なわけで……。さすがに男に手を摑《つか》まれると、ちょっと戸惑うわけで……」

「いやいや、お前、思春期って（笑）」

あー、さっき『一応』妹のような存在って言ったけど、どうも違和感あったんだよな。

正しくは碧《みどり》は弟に近い存在。

うんうん、これがしっくりくる。

「あんたさ、ホントに……死ねぇぇぇぇぇ！」

勢いよく振り上げられた手刀が脳天に直撃！

痛みで頭を抱えている間に碧《みどり》は鼻息を荒くして去っていった。

「ま、今のはハルが悪い」

「えー」

「あの子ら、多感な年頃なんだからね。そのくらいは認識するように」

黒羽《くろは》の姉としての忠告は理解できるのだが、今の関係ができるまでに相当な時間の積み重ねがあるわけで。それをどう変えていけばいいかわからないんだよな……。

「あとね、ハル。何で碧《みどり》にアイスをおごろうとしたか、もう少し詳しく聞きたいんだけど」

うん、聞くな！　察してくれ！

いや、許してくれ！　許してください！　マジで！

「うー、お腹《なか》が痛いなぁ……。トイレに行かなきゃ……」

そう言って逃げようとしたところ、黒羽《くろは》は俺の肩に優しく手を置いて引きとめた。

「まったくハルは嘘《うそ》が下手なんだから……。そういうところも〝好き〟かな」

「!?」

「何驚いているの？　〝好きって言うゲーム〟……終わっただなんて一言も言ってないけど？」

唇を艶《つや》めかせて黒羽《くろは》は笑う。

ううっ、この『オルタ黒羽《くろは》』、俺的にはかなり苦手。

元々黒羽《くろは》には主導権を握られっぱなしだが、普段の黒羽《くろは》は叱りつつ手を引っ張ってくれるような厳しさと優しさが同居している。

でも『オルタ黒羽《くろは》』は色っぽくて問答無用。俺が骨抜きになっている間にぶん回されているような気分になるから、俺の矮小《わいしょう》な自尊心でさえ『誘惑に負けちゃダメだ』『どこかで反逆してやる』といった反発心が芽生えてしまうのだ。

いやまあ、エロさ的には百点満点なんだけどね？　でも手を出したらひどいことになりそうってことだけはわかってるから、より辛《つら》いんよ？

「志田《しだ》さん、何をやっているのかしら？」

「まったく油断のならない方ですね」

「……どっちがよ」

黒羽《くろは》は肩をすくめ、蒼依《あおい》から手渡されたカバンを持ち上げた。

「お腹《なか》も落ち着いてきたし、勉強しよっか。予習と復習、してないし」

「げっ」

「げっ、じゃないの、ハル。これは学生としての義務よ。ほらほら――」

そこまで言いかけたところで、突如黒羽《くろは》の携帯が鳴った。

「あ、お母さん？　あのね――」

相手は母親の銀子《ぎんこ》さんのようだ。概要はすでに知っていたようで、話は状況説明なしで進んでいき――

「えっ、ダメ……？」

とのつぶやきから一気に雲行きが怪しくなった。

「ど、どど、どうして？　……た、確かにハルのお父さんに許可は取ってないけど……で、でも、布団《ふとん》はうちから持って行っても……そりゃ可知《かち》さんだけが泊まるわけじゃ……」

どうやら黒羽《くろは》は銀子《ぎんこ》さんに宿泊を反対されているようだ。

論点としては『俺の父親の許可がない』『宿泊するには人が多すぎる』『別に白草《しろくさ》だけが泊まるわけじゃない』といったところか。

俺の父親なんて無視してもいいと思うが、まあ確かに泊まる人数が多すぎるのは事実だ。家に泊まれるのは客間に二人が限度。広さ的にはもう一人くらい行けるが、お客様用布団《きゃくさまようぶとん》が二組しかない。

すでに布団《ふとん》は白草《しろくさ》と大良儀《おおらぎ》さんで決まっている。黒羽《くろは》も泊まるとしたら、誰かがリビングで寝なきゃいけない。真理愛《まりあ》も泊まるとしたら、二人はリビング行き。そしてその二人は布団《ふとん》がないのでソファーだが、ソファーで寝られるのは一人が限度。

となると、親父《おやじ》のベッドに寝かせるとか？　うーん、全体的に厳しい。

これが哲彦《てつひこ》みたいな男友達ならまあいいんだけどな。相手が女の子で、しかも明日普通に学校があるだけにちょっと抵抗感がある。

黒羽《くろは》の電話をうかがっていると、今度は真理愛《まりあ》の携帯が鳴った。

「……………えっ、お姉ちゃん、どうして？　置き手紙通りだけど？　……そう、白草《しろくさ》さんからメールが……うん、でも末晴《すえはる》お兄ちゃんの手が……けど……」

あ、真理愛《まりあ》も怪しい雰囲気。

っていうか、お前絵里《えり》さんに許可もらってきたって言ってなかったか？

まあ、許可もらってきたっていうの、嘘《うそ》だったんだろうなぁ。察するに、絵里《えり》さんが留守の間に置き手紙だけして出てきたに違いない。

先に電話を終えたのは黒羽《くろは》だった。

「あのね、ハル……。お母さんがダメって言って、泊まれなくなっちゃった……」

「そっか、そりゃしょうがないな」

「しょ、しょうがないなって……っ！」

「なぜ怒る⁉　事実を言っただけだが⁉」

「そうなんだけど！」

「あの……モモも……」

そっと会話に入ってきた真理愛《まりあ》はこう続けた。

「お姉ちゃんが末晴《すえはる》お兄ちゃんのお父さんとお話ししたら、泊まるのいいって言ってくれたけれど、寝る場所の問題になって……。お姉ちゃん、話をしているうちに申し訳なくなったらしくて、また改めてって言っちゃったって……」

絵里《えり》さんは酒を飲んでいるとあっぱらぱーなゆるかわ大学生にしか見えないが、高校に行かず働いてきた苦労人。こういう筋が通るかどうか、礼儀に反するか否《いな》か、みたいなことはきっちりしている。

そういう意味では黒羽《くろは》の母の銀子《ぎんこ》さんも同じで、男勝りな行動力と言動ながらも、筋と礼儀を大事にするちゃんとした人だ。

真理愛《まりあ》は随分と泊まると言って聞かなかったが、黒羽《くろは》が呼んだタクシーが到着したことでさすがに観念した。

「わかりました。今日のところは帰ります……。末晴《すえはる》お兄ちゃん！　浮気《うわき》はダメですよ！　浮《うわ》気《き》は犯罪ですからね！」

「いやいやいや、付き合ってないと浮気《うわき》とは言わないだろ……」

「将来結婚するのは確定なので、因果をさかのぼって考えれば――」

「はいはい、言いたいことはわかったから帰りましょうねー」

「そうそう、見苦しいわよ」

最後は黒羽《くろは》と白草《しろくさ》に左右から抱えられ、しょぼーんと肩を落としつつ、タクシーに連行されていった。

つーか、二人とも真理愛《まりあ》の扱い、慣れてきたな。

黒羽《くろは》は隣の家なので真理愛《まりあ》より粘っていたが、さすがに二十一時半ごろ父の道鐘《みちかね》さんから帰ってきなさいと電話がかかった。

「う～……う～～～っ！」

うなりながら俺を上目遣いでにらみつける。

「いや、クロ。そんな眼《め》をしても銀子《ぎんこ》さんのお許しが出ていない以上、泊められないから」

「左手の練習……」

「ん？」

「今週の中間テスト、左手で受けなきゃいけないでしょ？　先生も利《き》き手《て》が使えないことを加味してくれるだろうけど、勉強に加えて左手で字を書く練習もしなきゃ」

順調にいけば来週ぐらいにはギプスを外せるらしい。でも逆に言えば、今週の木・金にある中間テストは絶望的なわけで。

「……わかってる」

先週から勉強を頑張ってきたし、黒羽《くろは》が作ってくれた問題集を旅行中にやったりもした。なのでテストへの自信も今までよりあるだけに悔しかった。

「……そう。わかってるならよし」

黒羽《くろは》は少しだけ安堵《あんど》の表情を見せて頷《うなず》いた。たぶん俺に悔しい気持ちがあるのを黒羽《くろは》は見抜いたのだろう。

頑張って。何かあればいつでも声をかけて。そんな言葉を残して黒羽《くろは》は玄関へ向かった。

「あ、ちょっと待って」

なぜか黒羽《くろは》の後を白草《しろくさ》が追いかける。

「シロ？」

「あ、たいしたことじゃないから、リビングで待ってて」

そう言われては首を突っ込むこともできない。なので一息つくことにした。

「ふぅ～」

ソファーに座った瞬間、一気に疲れが押し寄せてきた。

あの三人がいると、息をつく暇すらありはしない。でもいなくなると今度は静かすぎるな。

「——丸《まる》さん」

「うぉっ！」

突如背後から大良儀《おおらぎ》さんに声をかけられた。

びっくりしたぁ！　いつの間に背後に立ってたんだよ！　気配なさすぎるって！

しかし俺の驚きようにも大良儀《おおらぎ》さんは動じず、無反応だ。

「ええと、大良儀《おおらぎ》さん？　……でいいんだよな。何かな？」

大良儀《おおらぎ》さんはメイド服のスカートをぎゅっと握りしめると、眠たそうな目に殺意を乗せてつぶやいた。

「——調子に乗らないでくれませんか？」

「……………えっ？」

あ、あるぇ……？　い、いきなり何……？　俺、嫌われるようなこと、しちゃった……？

全然知らない女の子からいきなりこのセリフ。

めっちゃきついし、怖いんだけどォォ!?

「あ、あのさ……」

「シロちゃんに口出しはしないよう言われていましたが……もう我慢できません！」

「えっ？　えっ？　シロに言われた？　どういうこと？」

「あなたに言う必要は微塵《みじん》も感じません、このすけこまし野郎さん！」

「す、すけこまし……」

何という古い表現だ……。

と、あっけに取られてはいられない。ここは断固反論をする必要がある！

「ちょ、待ってくれ！　見ていてわかるだろ！　俺、すけこましどころか、胃が痛くなるような状況で……っ！」

「えっ、何ですかそれ？　俺、モテてないアピールですか？　まあ、確かに正確に言えばモテているというより、翻弄されていると言うほうが正しいようですが……。くすくす、個人的にはホントぶざまですねぇ！　って気持ちです！」

大良儀《おおらぎ》さんは両手をぐっと握りしめ、『ふんすっ！』とつぶやいた。ポーズと言い方を見る限り、勝利宣言のようなもののようだ。

凄《すご》くバカにされているし、結構きついことを言われているからムカついてきたんだが……この子、全体的にアホっぽいんだよなぁ。その分陰湿さは感じないから、裏で言われたりするよりはマシって感じはある。

「えっ、何ですかその表情？　もしかして怒ってます？　くすくす、ならばトドメとして天才なるわたしがあなたの勘違いを教えて差しあげましょう！」

「……はぁ」

天才ですかそうですか。

ヤバいな、この子。本格的にアホの子っぽい……。

さっきまでは白草《しろくさ》がいたから澄ましていたのか。一対一になってすぐ本性がもろ出てしまうところからしてマジもんだな。

「……まあいい。何が勘違いだって言うんだ？」

付き合っているのがバカらしくなってきていたが、勘違い、という表現はちょっと気になっていた。とりあえず聞いてみても損はないだろう。

大良儀《おおらぎ》さんはにや〜と勝ち誇った笑みを浮かべ、自信満々に告げた。

「シロちゃんがあなたを好きという勘違いです」

「………………」

あー、うん、はい……。

俺は大きく空気を吸い込み、ゆっくりと吐き出した。

今、はっきりと自覚した。

そうか、俺、『白草《しろくさ》って俺のこと好きなんじゃないか？』って思い始めていたんだな……。

だって旅行の間、凄《すご》くいい感じだったし。彼女のストレートな好意が伝わってきたし。

俺にずっと別荘を見せたかったって言ったときの笑顔。

スーちゃん、と少しだけ甘えが入った呼び方。

パーカーの裾に伝わってきた白草《しろくさ》からの信頼と絆《きずな》。

すべてが『俺のことを好きなんじゃないだろうか？』という結論に繋《つな》がっていた。

でも、それは違うのだと大良儀《おおらぎ》さんは言う。

「シロちゃんのあなたに対する感情は――『尊敬』です。わかりますか？　シロちゃんはあなたに救われたと思っているんです。確かに、不登校から脱出できたのがあなたのおかげであることは事実です。だからそこだけは天才のわたしも認めています。しかし『恋』と『尊敬』は正反対の位置。そこを勘違いしないでくださいと言っているのですが、理解できていますか？」

うっ――

直球ど真ん中の豪速球に、俺は絶句した。

そう、俺が白草《しろくさ》の好意を感じつつもはっきりと『恋愛の好き』と断言できなかったのは、大《おお》良儀《らぎ》さんの言ったような――白草《しろくさ》は俺に『恋』をしているのではなく『尊敬』をしている――

という可能性が拭い去れなかったためだ。

しかし今、大良儀《おおらぎ》さんの口から今まで不明だった白草《しろくさ》の気持ちが告げられてしまった。

大良儀《おおらぎ》さんは深々とため息をついた。

「まったく、志田《しだ》さんも桃坂《ももさか》さんもどうしてこのような人に構うか理解しかねますね……。まあシロちゃん以外には文句をつけるつもりはありませんが、あのお二人に対してあなたはあまりに釣り合っていません。あなたはお二人が苦しいときに『たまたま助けた』ってだけのラッキーボーイで、その一点だけを評価されているといったところでしょうか？　それは恋愛感情というより、思い出補正と表現するほうが正しいように感じますが、どう思いますか、ラッキーボーイさん？　くすくす」

あー、うー、くぅぅぅぅぅぅぅ……っ！

（一番懸念《けねん》していたことを言われてしまった！）

俺は崩れ落ちそうになったが、懸命に膝に力を入れて踏ん張った。

黒羽《くろは》からも、白草《しろくさ》からも、真理愛《まりあ》からも、明確な好意を感じていた。

でも本当に『恋』として好かれているか――自信がなかった。

だって俺、黒羽《くろは》に告白したら盛大に振られたわけだし。俺の判断力なんて全くあてにならないクソみたいなものだし。

そうなると、客観的なデータも含めてあらゆる可能性を慎重に慎重を重ねて結論を出さなきやいけない。そうしなければ――

――ヤダ。

あの惨劇の二の舞となってしまう。

俺は正直に言って、自分がモテることには自信がない！

だが！　モテないことには自信がある！

何よりも信じられないのは自分自身だ！　だから他人の意見のほうが信頼性がある！

大良儀《おおらぎ》さんのアホっぽい言動を見ていると、意見の信頼性に疑問があるのは確かだ。しかし言っていること自体は元々俺が懸念《けねん》していたこと――『俺って、もしかして過去の栄光を評価されているだけじゃないだろうか？』っていうのと一致する。それだけに無視できない。

例えば再会後の白草《しろくさ》に対して、困っていたところを颯爽《さっそう》と助ける！　なんてシーン、思い浮かばない。そりゃ鍋料理が作れなくて困っていたところを助けたが、そんなたいしたことじゃない。たまたまその場にいただけで、傍《そば》にいれば普通あれくらいするだろう。

真理愛《まりあ》だって、『嫁として――』みたいな言葉を使うが、あそこまで自然に言われると冗談で言っているんじゃないか？　って気がする。兄妹《きょうだい》のような関係だからこそ言えるジョークというか。

黒羽《くろは》は——マジわからん。俺、世話になってばかりだし。一緒にいて楽しいけど、黒羽《くろは》からすると俺と付き合うメリットってあるのだろうか？　何よりいい感じだと思っていたら振られたし……。好きと言ってくれているけど、何だか根拠がなさすぎて遊ばれているようにも感じてしまう。

「お、大良儀《おおらぎ》さん……その話、どれくらい根拠が……」

「根拠？　いえ、すべて真実ですよ？　ああ、真実を突きすぎて現実を直視できないんですね。……あかん、わたし天才すぎた。理解できないような言い方をしてしまうなんて反省だな」

この子凄《すご》いな。イラっとさせる言動には天性のものを感じる。

ただ妙に愛嬌《あいきょう》を感じてしまう部分もあって反応に困る。すぐ天才って自画自賛するところとか。普段丁寧語なのに自分に言い聞かせる言葉はそうじゃなくなるところとか。

うーん、雰囲気は摑《つか》めてきたが、友好的になれるイメージが湧かない。困ったな……。

そんなことを考えていたところへ白草《しろくさ》が戻ってきた。

「？　どうしたの？」

白草《しろくさ》は俺たちの間に微妙な空気を感じ取ったようだ。

大良儀《おおらぎ》さんはしれっとつぶやいた。

「別に何でもないですよー？」

「もう、その言い方、シオンが嘘《うそ》ついているときの癖ってわかってるんだから」

「別に嘘《うそ》なんてついてないですー」

白草《しろくさ》は軽くため息をついた。

「スーちゃん、シオンは私の妹みたいな子でね、ちょっと突っ走っちゃうところがあるんだけど、凄《すご》くいい子なの」

「シロちゃん、わたしが姉ですよ！」

「はいはい、そうね」

「………………」

突っ走り方が『ちょっと』どころではない気がするが……まあそれはいいだろう。

問題は、大良儀《おおらぎ》さんが言っていたことが真実かどうかだ。

尊敬と恋愛は違う。勘違いするな。

この言葉自体には説得力が十分にある。また白草《しろくさ》が大良儀《おおらぎ》さんを『妹みたいな子』と言っている以上、近しい存在であることは間違いない。なので白草《しろくさ》の心の機微を正確に把握していると考えるほうが自然だ。

でも……だとすると……認めたくないけど……あー……うー……。

「シロちゃん、お風呂《ふろ》がそろそろ沸くころですよ。入ってきたらどうですか？」

「そうね。あ、一番風呂《いちばんぶろ》は家主のスーちゃんが……」

「なら二番目にはわたしが。シロちゃんが入るときのためにわたしが全部綺麗《きれい》に掃除しておきます。丸《まる》さん、その際ですが、お湯を張り替えてもいいですよね？　あなたが入ったお湯につかるのは耐えられないほど気持ちが悪いので」

「辛《つら》い……っ！　思春期の娘を持った父親の心境がこの年齢でわかるなんて……っ！」

噂《うわさ》に聞いていた『お父さんと一緒のお湯につかりたくない』を面と向かって言われると、これほど心に傷を負うのか……。全国のお父さんたちの中にはそれでも娘のために懸命に働き、耐え忍ぶ人もたくさんいるわけで……なんて立派なんだ……。

俺が全国のお父さんたちに尊敬の念を抱いていると、白草《しろくさ》が間に入ってくれた。

「シオン！　ひどいわ！」

「別に、これくらい当たり前ですよ？　だって男なんてみんなケダモノじゃないですか？」

「あいかわらず極端ね、シオンは。でもスーちゃんにひどいこと言わないで。私からのお願いよ」

「……シロちゃんがそう言うならちょっと考えます」

考えるだけで言うことを聞かないだろうな、これ。

白草《しろくさ》もそのことに気がついているようだが、念を押すつもりはないようだ。今までも散々注意したけれども一向に直してくれないから諦めたって雰囲気だ。

まあ注意は聞きそうにないもんな、この子……。

「あ、スーちゃん。一番に入るならちょっと待ってて。濡《ぬ》れてもいい格好に着替えるから」

「「!?」」

俺と大良儀《おおらぎ》さんが同時に目を見開いた。

「……シロちゃん、どういう意味ですか？」

「どういう意味って……スーちゃんは片手が使えないから背中を流すつもりなんだけど、おかしい？」


「おかしいです！」

「おかしくないぞ！」


声が重なった。

俺たちは思わず顔を見合わせ、にらみ合ったあげく……同時にそっぽを向いた。

「シロちゃん、危険ですからやめてください。丸《まる》さんはシロちゃんが背中なんか流そうとしたら、お湯をかけて服を透けさせてやるぜげへへへへ！　ってことをやるような人ですよ！」

「妙に具体的でちょっと当たっているのが辛《つら》い」

「あとシロちゃんが触れている部分に全神経を集中させて堪能《たんのう》しようとすると思います！」

あのさ、こういうときだけ心を見透かすような発言するのやめてくれる？　否定しづらくて困るんだけど？

「……あ、はい。一人で入れるんで大丈夫です……」

俺としてはこれ以上邪《よこしま》な気持ちを暴《あば》かれたくなくて、こう言うしかなかった。

「本当に大丈夫？」

白草《しろくさ》が心配そうに覗《のぞ》き込《こ》んでくる。俺は苦笑いを浮かべた。

「まあ昨日も一人で入ってるし。不便だけど大丈夫だって」

「ならやっぱり――」

「ダメですよ、シロちゃん！　危険すぎます！　それならわたしが背中を流してあげます！

たわしで！」

「背中が死ぬわ！」

この子ならマジでやりかねないから怖いわ……。

結局大良儀《おおらぎ》さんの介入が激しすぎて、一人で入ることになった。

白草《しろくさ》はその結果に不満なようで、深々とため息をついた。

「もうっ、シオンはスーちゃんの話になると、いつも辛口になるんだから」

……ん？　いつも？　ということは出会う前から、俺のことを嫌っていた？　何で？

「スーちゃんはえちぃところもあるけど、卑怯《ひきょう》なことする人じゃないのに」

そう言って白草《しろくさ》は俺に向かってニコッと微笑《ほほえ》んだ。

クラスメートには見せない、真《ま》っ直《す》ぐな好意。

俺は懸命に『勘違いするな』と念じた。

（こうなると、白草《しろくさ》の笑顔が辛《つら》い――）

俺はまだ『初恋の毒』が残っていることを自覚してしまった。

その想《おも》いが報われることはない。『恋』と『尊敬』は遠いところにあるから。

頭では理解している。でも心は頭で動かない。

これだけ真《ま》っ直《す》ぐな好意を向けられると、どうしても勘違いしそうになる。

それだけに――苦しい。

そんな俺を知ってか知らないでか、白草《しろくさ》は頰にかかった黒髪を耳にかけ、そっと俺の耳元で囁《ささや》いた。

「ということで、今日からお世話になるね、スーちゃん」

……可愛《かわい》い。

初恋の女の子が家にやってきて――

いい感じで可愛《かわい》らしく声をかけてくれて――

それでも人生は順調に進まない。

俺は深夜、理性との戦いが繰り広げられることを予想し、ため息をついた。

＊

風呂《ふろ》から上がった黒羽《くろは》は、自室の窓から末晴《すえはる》の部屋の様子をうかがった。

電気はついているものの、人影はない。一階を見ればリビングにまだ明かりがついている。

もう午後十一時だというのにリビングにいるようだ。

じわり、と手が汗《あせ》ばむ。焦りが心臓の鼓動を速め、正常な思考を奪い取っていく。

『志田《しだ》さん、あなたは家が隣同士だということをアドバンテージだと思っていたみたいだけれど……残念だったわね。私、あなたよりもっと近くにいられるわ』

先ほど帰《かえ》り際《ぎわ》に白草《しろくさ》から放たれた言葉が脳裏をよぎる。

『もっと近くにいる』

この一言の破壊力は、想像もしていないほど大きいものだった。

誰よりも一番近くにいると思っていた。それは変わらないと思っていた。

幼なじみとしての地位が揺らいでいる。そんな気さえした。

（これは本当にヤバい……）

末晴《すえはる》が旅行以後、白草《しろくさ》に対して心理的な距離を詰めていることはわかっていた。

（ハルの可知《かち》さんへの態度、あれって……）

黒羽《くろは》は奥歯を嚙《か》みしめ、頭《かぶり》を振った。

挽回《ばんかい》しなければならない。ぼんやりしていたら、恋の成就《じょうじゅ》から遠のいてしまう。

頭をフル回転させろ。何をするべきなのか、何をしてはならないのか、冷静に判断する必要がある。まずは白草《しろくさ》だけが末晴《すえはる》の家に泊まっているという、この状況を覆《くつがえ》さなければならない。

プライドは横に一旦置いておくのだ。


——勝、負、を、か、け、る、と、き、が来たのかもしれない。


客観的に考えれば考えるほど厳しい状況だ。それほどまで追い詰められている。

ある意味では、告白を断ってしまったときより、も、今、の、ほうがきつい。


ここで勝負しないと、本当に——


黒羽《くろは》は何となく本棚からアルバムを手に取った。そして一枚の写真でページをめくる手が止まった。

小学校の卒業式のときの写真だった。

場所は黒羽《くろは》の家の前。しかし末晴《すえはる》の目の下にはくまができており、そっぽを向いている。

このやさぐれた雰囲気。末晴《すえはる》が芸能界を事実上引退して荒れていたときにだけ見せていたものだ。

（――そうだ。あのとき、確かにあたしとハルの間には、特別な絆《きずな》があった）

互いが互いを求め、必要とした思い出。

今は時間が経《た》ち、互いに少し感じにくくなっているのかもしれない。

だとしたら、もう一度思い出したい。思い出して欲しい。

初恋の有り様は、積み上げてきた年月によって少しずつ変質しているのかもしれない。

でも変わっていないこともある。

好きだという気持ち。そして、胸の痛み。

きっとこれらはこれからも変わらない。


……そっか。


ふと、思いついた。

次善の策ではあるけど――これなら、いける、負けない。

ならば強く踏み込める。

まずは可知《かち》さんの同居を何とかしよう。ここは速やかに崩しておきたい。

あとはきっかけが欲しい。勝負をかけられるだけのきっかけが。

ただ最高のお膳立てができたとしても、結果はさすがに読めない。

でも前のときより勝負にな、な、な、なるはず。

恐れはある。でも挑戦しなくては大きな果実を摑《つか》み取《と》ることは不可能なのだ。

「ハルのバカ。告白してきて欲しいのに……一回で諦めるな、このこの」

黒羽《くろは》は写真の中の末晴《すえはる》を人差し指で攻撃した。

「って、我ながら都合がよすぎだよね、それは」

苦笑いを浮かべて反省し、アルバムを閉じて棚に戻す。

そして次の瞬間、黒羽《くろは》の目はすでに明日からの戦いを見据えていた。

第一章　乙女たちの密談

＊

車から降りると、ざわめきが起こった。

校門前に四人でたたずんでいるだけなのだが、俺たちに気づいた生徒たちが驚き、立ち止まり、啞然《あぜん》としている。

「魚沼《うおぬま》さん、ありがとう。スーちゃん、カバンは私が持つわね」

「ちょ、白草《しろくさ》さん？　モモが持とうと思っていたんですけど？」

「朝、突然やってきたあなたを車に乗せてあげた恩、忘れたのかしら？」

「本当はモモが手配したタクシーで末晴《すえはる》お兄ちゃんと二人で登校する予定だったんですよ？　恩に着せるのは筋違いというものですね？」

「二人ともカバンなんてどうでもいいから、それくらいにしてくれない？　注目が凄《すご》いんだけど……」

俺は黒羽《くろは》に同意だった。

俺の傍《そば》に黒羽《くろは》がいるのはそう驚きではないだろう。俺たちが幼なじみであることは、告白祭動画のせいで生徒のほとんどが知っている。

白草《しろくさ》が隣にいるのも理解の範疇《はんちゅう》のはずだ。ＣＭ勝負やアシッドスネークのＭＶ《ミュージックビデオ》を通じて、俺と白草《しろくさ》が群青《ぐんじょう》同盟のメンバーであることは周知の事実。そしてそもそも俺の骨折が群《ぐん》青《じょう》同盟での撮影の事故が原因であり、その事故に白草《しろくさ》が関わっていることもすでに噂《うわさ》が回っているらしい。

問題は――真理愛《まりあ》の初登校という事実だ。

――普通の進学校に芸能人が転校してくるなんて……っ！

気持ちは凄《すご》くわかる……っ！　そりゃインパクトあるよな……っ！

俺、芸能界の経験がなかったら、間違いなく早めに登校して見に来るもん。だってテレビの中でしか見たことがない人気女優が目の前で見られるとしたら、それくらいするって。

「あああぁあぁ、真理愛《まりあ》ちゃんがうちの制服着ている……っ！」

「なんで丸《まる》や志田《しだ》さん、可知《かち》さんといるんだ……？」

「お前、群青《ぐんじょう》チャンネル見てねぇのかよ？　真理愛《まりあ》ちゃんが群青《ぐんじょう》同盟に加入ってのは、先週から出てたぞ！」

「うひぃぃいいぃ！　真理愛《まりあ》ちゃんの匂いが俺の鼻に届いている……っ！」

「ま、真理愛《まりあ》ちゃん、目を覚ますんだ……っ！　おれがお兄ちゃんだ……っ！」

「バカ、落ち着けって。お兄ちゃんは俺に決まってるだろ……っ！」

「ギルティィィイ！　血縁のない兄妹《きょうだい》関係、ギルティィィイ！」

「落ち着け、郷戸《ごうど》！　大丈夫だ！　丸《まる》はアホだから本当の妹のように見ているらしいぞ！　アホでよかった！」

あいかわらずこいつら無駄なところだけ情報力の高さを見せてくるよな……。進学校らしい頭の良さの発露がそういうところだけってどういうことだよ……。言っておくが、お前らの発言、十分アホだからな……。俺をバカにできるレベルじゃないぞ……。

真理愛《まりあ》は騒ぎを静観していたが、クスリと笑って前に出た。

「皆さん、今日から転校してきました桃坂真理愛《ももさかまりあ》です。よろしくお願いしますね♡」

ふわふわの髪をなびかせ、スカートを少しだけ持ち上げる。そして上目遣いでパーフェクトスマイル。『理想の妹』と称される現役芸能人にこんなことをされたら落ちないのは不可能だ。

「ふぉおおおおおぉぉぉぉぉぉぉ！」

男子生徒たちは興奮のるつぼに陥った。

ただ一部の女子生徒からはこんなつぶやきもあった。

「ちっ、ぶりっ子しやがって……」

普通ならスルーするだろう。しかし聞き流さないのが真理愛《まりあ》の恐ろしさだ。

真理愛《まりあ》はつぶやいた女子生徒の前まで無造作に歩み寄った。

「あら、先輩ですか？　今日からよろしくお願い……と、襟が曲がっていますよ？　失礼します」

凄《すさ》まじいまでの愛されオーラを放ちつつ、真理愛《まりあ》は女子生徒の襟を優雅に直した。

「改めまして、よろしくお願いしますね」

トドメに最高の笑顔を見せつける。もう完全に真理愛《まりあ》のペースだ。

きっと圧倒されたのだろう。反感を持っていた女子生徒は少し照れた後、

「……こちらこそよろしく。ちっ、クソ可愛《かわい》いじゃねーか」

とつぶやいて大人しくなってしまった。

先手を打ち、ねじ伏せる。芸能界を勝ち抜いてきた真理愛《まりあ》らしい行動と言っていいだろう。

「じゃ、じゃじゃじゃ、お、おお、俺をお兄ちゃんと呼んでくれ！」

そんなところへ無謀な男子生徒が……っ！

あー、これ、一番困るタイプだ。俺が出て行ってかばったほうがいいかな？

そんな迷いを抱いている間に真理愛《まりあ》はすでに動いていた。

先ほどと同じくパーフェクトスマイルを浮かべ、はっきりと言い切る。

「すみません。演技以外でお兄ちゃんと呼ぶのは末晴《すえはる》お兄ちゃんだけと決めてますので」

「ちょっっっっ！」

あ、うん、死ぬ。

それ、俺、殺されるやつ。

腕怪我《けが》してるし、もう帰っていいかな？　お腹《なか》も痛くなってきたんだけど？

右手がうずいた気がしてギプスを撫《な》でつつ逃げようとすると、背後から肩に手がかかった。

「ま〜る〜〜く〜〜ん〜〜〜」

「遊びましょ〜〜〜〜っ！」

だからさ、こういうときだけ馴《な》れ馴《な》れしく肩に手をかけるのやめてくれる？　俺、こう見えてちびりそうになってるからね？

走って逃げようかとも思ったが、ギプスをつけている状態で走るのはかなり辛《つら》い。

なので誰か助けてくれないかなと心の隅で期待していると——

「ちょっと、ハルに——」

「——やめて」

俺をかばうように立ちふさがったのは、白草《しろくさ》だった。

「スーちゃんは怪我《けが》しているのよ……。もしスーちゃんに何かしようとするなら、私があなたたちの蛮行にふさわしい報いをくれてあげるわ……」

「ひっ——」

正直なところ、助け船を出してくれるのは黒羽《くろは》だと思っていた。実際、割って入ろうとしていた。しかし白草《しろくさ》のほうが強く大胆に行動してくれた。

そのことに俺は驚きを隠せなかった。

だって白草《しろくさ》がみんなの前で怒るのは、あくまで自分のためだった。臆病な白草《しろくさ》は自分を防衛するために威嚇していたのだ。

でも今、他人のために威嚇した。これは初めての事態と言っていい。

だってほら、白草《しろくさ》はにらみつけているが、怯《おび》えている。よく見てみると、指先がかすかに震えている。

怖がりなのに俺のために動いてくれたのだ。その心に俺は感動した。

「桃坂《ももさか》さん、スーちゃんのことを考えるなら、あまり事を荒立てないでくれるかしら？」

「……確かに。怪我《けが》していますしね。正論なので先輩の言う通りにします」

この二人は知名度が高い割に、関係性はあまり知られていない。なので興味深く、それでいて不思議な感じだったのだろう。周囲は呆然《ぼうぜん》と二人のやり取りを眺め、何となく騒ぎは収まっていった。

「桃坂《ももさか》さん、まず職員室に行かなきゃいけないんじゃなかったかしら？　職員室はあっちの校舎よ」

「……ああ、なるほど。となると、一緒に行けるのはこの辺りまでですね」

真理愛《まりあ》は俺たちに向き直り、ぺこりと頭を下げた。

「では先輩方、モモはここまでで。これからよろしくお願いしますね」

真理愛《まりあ》って、場をかき回すことが多いけど、なんだかんだ言ってちゃんとしているんだよなぁ。いつもは見せない真面目なお辞儀に、ドキッとしてしまった。

妹分が正式に同じ学校に通うことになったのだ。できる限り力になってやらなきゃな。そんなことを思ったりした。

…………のだが。

「あ、末晴《すえはる》お兄ちゃ〜ん！　モモが遊びにきましたよ〜っ！」

「休み時間ごとに来るなよ！」

お前が来るだけで騒ぎになるんだって！

ほら、廊下に人だかりができてるだろ！

あと教室の空気がヤバいって！　特に男子！

「サッカーやりてぇなぁ……。でもサッカーボールないな……ん？　ちょうどいいサイズのあるんじゃね？」

「おい、お前ら俺の頭を見て何をほざいているんだ？」

ナチュラルに頭をボールに見なすなよ。マジで怖いんだけど。

「——皆さん」

ただそこはさすがの真理愛《まりあ》。そっと俺の横に立ち、ニコッと微笑《ほほえ》んだ。

「危ないこと、言っちゃダメですよ？」

「おおおおぉぉぉぉぉ！」

「モモちゃん！　おれは言ってないぞ！　ただ君の笑顔を脳に焼き付けていただけさ！」

「バッカ、お前のせいだ！　謝れ！　いや、靴を舐《な》めろ！　ダメだ、靴なら俺が舐《な》めたい！」

「世界よ……僕は平和のために戦います……」

ホントこいつら……ある意味わかりやすいな……。

ていうか靴《くつ》舐《な》め君さぁ、いきなりコアなフェチを告白するのはびっくりするからやめような？　あと最後のやつは意味わからんけど、最初から平和のために戦っていろよ。

「ハル、ちょっと」

黒羽《くろは》が廊下から手招きしている。幸い真理愛《まりあ》はアピールする男子たちに囲まれ、俺から注意が逸《そ》れている。

俺はこっそり喧騒《けんそう》から抜け出した。

「どうした？」

「こっちこっち」

廊下にも真理愛《まりあ》目当ての生徒が大勢押し寄せているわけで。その真理愛《まりあ》の相棒ポジションとして俺の注目度も高い。そのため廊下はまともに会話をできる環境ではない。

黒羽《くろは》も困ったのだろう。俺の手を引いて階段を下り、特別棟近くにある、人気のない階段の陰へと移動した。

「どうした、クロ？」

「あの、さ。朝はみんながいたから聞けなかったんだけど——」

「ん？」

「たぶん大丈夫だと信じてるし、反応を見る限りは何もなかったと思うから、まあ、それでも念のためにね？」

……どうしたんだろう。最近『オルタ黒羽《くろは》』のことが多く、問答無用な雰囲気だったのに、今は妙に戸惑っている。

「らしくねぇぞ、クロ。何が聞きたいんだ？」

「——昨日、何もなかったよね？」

「っっっ！」

黒羽《くろは》がもじもじとしながら尋ねてくる。そのせいで俺の顔も熱くなった。

「な、何を心配しているんだよっ！」

「だ、だって、さ……っ！」

「そ、そんなことあるわけないって！」

「ほ、ホント……？」

「お、おいっ！　何で信用しねぇんだよっ！」

互いに気恥ずかしくて、舌が空回りしてしまう。

「だってハルはスケベだし？　可知《かち》さん、綺麗《きれい》だし？」

「ば、ばば、バカじゃねーのっ！　ないない！」

「そうなの？」

「あ、ああ！　そんな雰囲気すらなかったって！　勉強、めっちゃ真剣に教えてくれただけだ！」

「本当にそれだけ……？」

「あとオセロをなぜか夜通しでやる羽目になった」

「え、意味わからないんだけど」

「聞かないでくれ。それには深いような浅いような理由があるんだ」

「どっちよ」

実は肩を並べて勉強していると、たま～にだが、甘い雰囲気が漂うことがあった。

そのたび――

『ちょっとちょっと、何をやっているんですか⁉　天才のわたしの目はごまかせませんよ⁉　丸《まる》さん、今あなた、シロちゃんにケダモノ的劣情を抱きましたね！』

といった感じで大良儀《おおらぎ》さんが乱入してくるのだ。

そして大混乱となったあげく、

『もうこんなことなら勉強は打ち切りましょう！　オセロです！　オセロやりましょう！』

という流れになり、なぜか夜通しでオセロをやる羽目になったのだった……。

白草《しろくさ》が近くにいると、俺はどうしても邪《よこしま》な劣情がよぎることがある。

だってあんなに綺麗《きれい》で凹凸のあるスタイルなのだ。目の端によぎるたび、心臓が摑《つか》まれてしまう。

しかし大良儀《おおらぎ》さんの視線は語る。

——勘違いするな、と。

胸の傷跡がうずく。初恋の毒のせいだ。

こんな気持ちになるなら初恋なんて思い出さないほうがよかったかもしれない。

なので煩悩《ぼんのう》を打ち消すため、オセロに専念する羽目になってしまったのだ。

「……ハル？」

「だから変な邪推すんじゃねぇよ？　ってか、クロって結構むっつりだよな？」

俺が黒羽《くろは》の頰を左手でちょいとつまんで軽く引っ張ると、黒羽《くろは》は目を剝《む》き、頭から湯気が出そうなほど真っ赤になった。

「はは、ハル⁉　あ、あたしはむっつりじゃ——」

「今お前、いろいろ思い浮かべただろ？　それだけで十分むっつりだって」

「か、からかわないでよーっ！」

「あははは」

何だか嬉《うれ》しい。ちょっと前まで喧嘩《けんか》していたし、最近黒羽《くろは》には攻められっぱなしだったし。

だから少しかもしれないが反撃できて凄《すご》く楽しい。

「恥ずかしがらなくてもいいじゃん。俺は女子の性欲に理解ある男子だぞ」

「……バカ。もーっ、スケべなハルにだけは言われたくないんだけど？」

ああ、久しぶりに『もーっ』が出てくれた。

黒羽《くろは》の『もーっ』は『もうしょうがないなぁ』というニュアンスであり、怒っているように見せかけて本当に怒っているときは決して言わない。

だからもう黒羽《くろは》は喧嘩《けんか》をするつもりはないのだろう。それが今、はっきりした。


――よかった。これで俺たちの喧嘩《けんか》は一区切りだ。


俺の中では喧嘩《けんか》は終わりになっていた。だから区切りをつけたかった。

沖縄《おきなわ》に行ったとき、黒羽《くろは》は喧嘩《けんか》していたのにテストの問題を一生懸命作ってくれた。そのことに俺は感動してしまった。

感動してしまったらもう負けだ。嘘《うそ》をつかれたけれど、その理由を聞いていないけれど、もういい。許したい。

黒羽《くろは》はあれだけのことを俺のためにしてくれる、いいやつなのだ。その黒羽《くろは》が嘘《うそ》をついたのなら事情があるのだろう。隠したいのならわざわざ暴《あば》く必要なんてない。誰にだって嘘《うそ》をつきたいときも隠したいときもあるのだから。

そのことは頭ではわかっていたが、ようやく気持ちが落ち着いてきた。

俺は肩の力を抜き、つぶやいた。

「最近俺をからかってきてただろ？　そのお返しだ」

「……からかってないんだけど」

「っっっ！」

直接心臓を握られたかと思った。それくらいドキリとした。

「ば、バカ言うなよ。だって俺は、お前に――」

「ふーん、やっぱりからかわれてるって思ってたんだ……」

何の変哲もない階段の陰に桃色の空気が漂ってくる。『オルタ黒羽《くろは》』の気配が顔を出す。

だが俺は先ほど少し反撃し、味をしめていた。なので先手を打って攻撃した。

「からかいだとしても〝好き〟と言ってくれるクロのこと、俺も〝好き〟だぞ」

「っっっ～～～」

黒羽《くろは》から一気に攻めの気配が霧散した。

顔中真っ赤。足元がおぼつかなくなり、ふらふらと一歩下がった。

「ちょ、ま、真似《まね》……っ！　よくも……っ！　あたしの真似《まね》をよくも……っ！」

「よくも、って……。何で怒ってるんだよ……」

「だ、だって不意打ちすぎるし……っ！　パクリだし……っ！　ううぅぅ〜っ！」

「お前ってビキニアーマーの戦士みたいだよな。攻撃力に全振りしすぎだろ」

「な、何よそれ！　もーっ……」

「――はいはーい、お取り込み中すいませんねー。少しいいですかー？」

階段の上から降ってきた言葉。

見上げてみると……あ、大良儀《おおらぎ》さんだ。

一瞬迷ってしまったのは、メイド服姿と印象が違うから。

制服だと元気な印象が強くなる。薄手のカーディガンを着ているが、明らかに袖が長く丈を余らせているところが問題児っぽい。

ってか、それよりも――

「えっ？　大良儀《おおらぎ》さんって、この学校の生徒だったのか……？」

年齢一緒って言ってたよな？

ということはクラスは違うだろうけど、一年からずっと一緒の校舎にいたのか……？

「……そうですけど？　ま、一年のころ、丸《まる》さんにいたずらを仕掛けたところ、シロちゃんに見つかってこっぴどく叱られまして……。それ以来シロちゃんに『嫌いなら近づくな』と約束させられていたので、丸《まる》さんを見ると隠れていました……。言っておきますが、シロちゃんに叱られて悲しかったわけじゃないんですからね！」

そっか、悲しかったんだな……。残念過ぎる……。

「あれ、でもシロに友達がいるって聞いたことないな？　大良儀《おおらぎ》さん、どこにいたんだ？」

白草《しろくさ》自身が大良儀《おおらぎ》さんのことを姉妹みたいな関係と言っている。そんな子が傍にいるなら白《しろ》草《くさ》が孤高の美少女と言われることはないはずなのだが……。

「中学ぐらいから、シロちゃんが美人過ぎて男どもが大量に寄ってくるようになりまして。それで都度叩き潰していたら話がこじれた一件があったんですよ」

「あー……」

わかるな……。詳しく聞かなくても想像ができてしまう……。

「それでシロちゃんから『シオンがいつも助けてくれるのは嬉しいけど、それに甘えていたら私は強くなれないの』と言われ、わたしは陰から見守ることを決めたんです」

ああ、何というか、凄く白草《しろくさ》らしい言葉だ。

「ん？　じゃあ何で今は大丈夫なんだ？　俺に近づいちゃダメなんだろ？」

「シロちゃんに秘密でここに来ました！」

「後で俺からシロに告げ口されるとは思わなかったのか？」

「………」

大良儀《おおらぎ》さんが固まった。しかし次の瞬間、腰に両手を当て、形の良《い》い胸を張った。

「ふふふ、やりますね、丸《まる》さん。おバカさんだと思っていましたが、少しだけ評価を上げてあげましょう！」

なんてこの子、ダメダメなんだ……。何だか可哀《かわい》そうになってきたぞ……。

「可知《かち》さんのところのメイドさん、しゃべるとこんな感じなんだ……」

黒羽《くろは》が驚くのも無理ないよな。馬脚を現したのは黒羽《くろは》と真理愛《まりあ》が帰った後だったし。

「志田《しだ》さんにお伝えしたいことがありまして。少しいいですか？」

「えっ、あたし？」

「ええ、昨日から声をかけたかったのですが、仕事中はなかなかシロちゃんと離れるきっかけがなかったので」

大良儀《おおらぎ》さんは階段を下りてきて黒羽《くろは》の前に立った。

「それで、何かな？」

「たいしたことではありません。シロちゃんはわたしが守るので安心してください。あなたが心配することは何もないので――ということを伝えたかっただけです」

「うっ――」

完全に犯罪者扱いだな……。

「ええ、ありがとう……？」

黒羽《くろは》は真意をつかみかねているようだ。

「どうしてわざわざあたしにそんなことを？」

「わたしの役目はシロちゃんを毒牙《どくが》から守ることです。なのであなたとは協力関係になれるかもしれないなーと思いまして」

黒羽《くろは》は柔和に微笑《ほほえ》み、大良儀《おおらぎ》さんに語りかけた。

「大良儀《おおらぎ》さん、ありがと。あたしのためにわざわざ」

「別に気にしないでください。志田《しだ》さんも早く目を覚ましたほうがいいんじゃないですか？　客観的に見ると、あなたは丸《まる》さんに騙《だま》されているように見えます」

「……へぇ、どの辺りが？」

「丸《まる》さん、凄く平凡……いえ、芸能関係を除けばマイナス要素があまりに多いじゃないですか。おバカですし、スケベですし、恥も外聞もなくすぐ土下座しますし。ああいうプライドないところ、正直言って理解できないですし気持ち悪いじゃないですか」

「ううっ……」

は、反論ができないっ！　事実すぎて辛《つら》いよっ！

「それに性格も、特別優しかったり気が利《き》いてたりするわけでもありませんよね？　勉強もこの学校で下位。ダンスは優れているのかもしれませんが、もっと運動のできる人はいくらでもいるでしょう。まさに完璧な論理！　またわたしの天才性を見せてしまったな」

　厳しい指摘に傷ついたものの、最後の一言で『この子アホなんだな』『なんかまあ言われても別にいいか』みたいな気持ちになれるのが凄《すご》い。

「それを言うならあたしだって別にたいしたことないけれど？」

「いやいやご謙遜を。志田《しだ》さんはまず容姿が飛びぬけて可愛《かわい》らしいじゃないですか！　頭もいいですし、何より社交性が素晴らしいです。なので丸《まる》さんよりもっといい男の人でも選《よ》り取《ど》り見《み》取《ど》りでしょう！」

「ふむふむ、なるほどねー。じゃあさ、大良儀《おおらぎ》さんってどんな男の子がタイプなの？」

「……？　それは今の話と何の関係が？」

「だって大良儀《おおらぎ》さん、あたしのことを知ってくれているみたいだけど、あたしは知らないから。大良儀《おおらぎ》さんのことも知りたくて」

「わかりました！　そういうことならばお答えしましょう！　正直なところを申しますと〝恋愛自体が無駄〟――と言わざるを得ないと考えています。恋愛はどうせ一時的な感情でしょう？　そのときは良くても、破綻すると全部無意味じゃないですか。あまりに非効率で費用対効果が悪いと思いませんか？　そもそも人は、突き詰めると一人です。同性でさえ理解し合うのはなかなか難しいのに、異性と理解し合おうということ自体が無駄に感じられます。結論を言えば〝わたしの完璧な人生設計〟には不要なものですね」

大良儀《おおらぎ》さん、『天才』とか『完璧』とかの中二病《ちゅうにびょう》的単語大好きだよな。

「だとすると可知《かち》さんは？　仕事だからしょうがなく付き従っているだけで、実は嫌っているとか？」

「そんなことはありえません！　恋愛と友情は別です！　恋愛は一時的ですが、友情は永遠です！　先ほどわたしは『同性でさえ理解し合うのは難しい』と言いましたが、だからこそ成立した友情は価値があると思っています！　〝完璧な人生設計〟には当然そうした友人と交わる喜びも計算に入っているからこそ完璧なんです！」

「つまり？」

「わたしはシロちゃんのことが大好きですよ！　だってあんなに可愛《かわい》くていい子いないじゃないですか！　だからこそ守りたいと考えています！」

「ふーん、あたし、ようやくあなたのことがわかってきたかな」

「よかったです。では協力を――」

黒羽《くろは》はニッコリと笑うと、大きく息を吸った。

「何も知らないくせにハルをバカにしないで……っ！」

大良儀《おおらぎ》さんがたじろぐ。調子に乗っていた横顔が、今は驚き歪《ゆが》んでいる。

俺にはわかっていた。黒羽《くろは》、どこかで爆発するんじゃないかって。

笑顔だったけど、こめかみのあたりがピクピク動いていたし。さりげなく従順に会話を合わせて相手から多くの情報を引き出そうとしていたし。

あれ、相手の出方や考え方を分析するときの黒羽《くろは》のやり口だ。

「あなたが考える〝完璧な人生設計〟がどうだか知らないけど、他人に押し付けないで。人の気持ちを否定する権利なんて、あなたに……いいえ、誰にだって、これっぽっちもない」

黒羽《くろは》は社交的で八方美人なところがあるが、ちゃんと怒ることができる。だからこそ黒羽《くろは》は強いし、凄《すご》いのだ。

芯があると言い換えてもいい。自分の中にしっかりとした芯があるから人に合わせられるし、どうしても許せないことがあれば怒れる。

これって、本当に難しい。

俺はプライドがないから偉い人にヘラヘラおべっかを使っちゃうし、すぐさま謝ってしまう。怒るのだって臆病だから怖い。

だからこそ俺は、黒羽《くろは》を心から尊敬していた。

「う、ううっ、ごめんなさい……。別に志田《しだ》さんを怒らせるつもりはなかったんですぅ……」

うわっ、めっちゃ泣きそう。俺が怒ったら笑って煽《あお》ってきたくせに、黒羽《くろは》相手だと普通にショックを受けるんだな……。

黒羽《くろは》は大良儀《おおらぎ》さんの様子を見て、丁重に頭を下げた。

「……そう。ならあたしもごめんなさい。声を荒げちゃって」

これがすぐに言えるのが黒羽《くろは》の強みだよなぁ。俺だったらブチ切れた後にすぐこんなこと言えない。

しかし……そうか。大良儀さんがきつく当たるのは俺にだけなんだな。白草《しろくさ》だけが特別で、その他の人にはきついのかな？　って疑問があったのだが、違うようだ。

「ふっ、ならばおあいこですね！」

大良儀《おおらぎ》さんは両手を腰に当て、ふんぞり返った。

回復早いな。そしてなぜ偉そうなんだ……。

元々ファンキーな子だが、黒羽《くろは》への対応を見ていると根は悪い子ではないように思える。
・そうなるとなぜ俺に対してのみこれほど厳しいかが謎だ。白草《しろくさ》の『以前から俺を嫌っていた』という言葉と合わせて気になるな。
「あ、さっきの声、こっちから……」

げ、黒羽《くろは》が大きな声で怒ったから、誰かが気になって見に来てしまったようだ。

「志田《しだ》さん、ちゃんとした謝罪も含めて、できればまたお話を」

「ええ」

大良儀《おおらぎ》さんは深々とお辞儀をすると反転した。元気いっぱいの大良儀《おおらぎ》さんは階段を二段飛ばしで駆け上がり、すれ違う人を驚かせている。

やってきた人が不思議そうに俺たちを見つめてきたため、黒羽《くろは》に目で合図し、別れてこの場を離れることにした。

＊

大良儀《おおらぎ》さんが俺に強い敵対心を持っていることは間違いない。ではそんな彼女と関係が深そうな白草《しろくさ》はというと、『あまり気にしていない』という感じだった。

「スーちゃん、あ、あ……あ～ん……」

というか、人の目まで気にしなくなってるんだけどォォォ！

昼休み。

右手が使えない状況では当然ご飯を食べるのに支障がある。昨日はパンを食べたが、袋が破れなくて歯で袋をかみ切ったくらいだ。

で、今日の昼ご飯はというと、白草《しろくさ》お手製のお弁当だった。

朝俺が起きたときにはすでに白草《しろくさ》はこのお弁当に取り掛かっていた。話を聞くと、五時半に起きて作り始めていたらしい。

だ。


「ちょ、シロ。さすがにそれは……」

ここは教室のど真ん中。男女がいきなり机を突き合わせるというだけで噂《うわさ》になるような場所

当然、周囲の反応はすさまじい。

「オイィィ！　あのクールな可知《かち》さんがっっ！　おかしいっっ！　とりあえず丸《まる》は死ねっっ！」

「丸末晴《まるすえはる》！　勧告する！　すぐに可知《かち》さんの家族を解放しろ！　繰り返す！　可知《かち》さんの家族を解放しろ！　さもなければ我々はお前の自宅に突入する！」

「ちょ、お前ら何言ってんのっっ⁉」

意味わかんないんだけど⁉

「とぼけるな、このバカド外道がっ！　可知《かち》さんがこんな行動を取るなんて、お前が可知《かち》さんの家族を人質に取った場合以外、考えられないだろうがっ！　自供するなら家への突入をやめてやってもいいぞ！」

「お前らどんだけクズなん？　鏡見たほうがいいぞ、ホント」

「ふんっ、いい覚悟だな。今すぐ別働隊を家へ突入させてやろうか？　当然、最優先で確保するのはパソコンだ……っ！　お前のエロフォルダを解放してやる……っ！」

「あ、ごめんなさい許してください」

俺は即座に土下座した。だがすぐにふと気がついた。

「って、お前の妄想が事実なら真っ先に確保するのはシロの父親だろうがっ！　てめぇぇぇ、俺に嫉妬しているだけじゃねぇかぁぁぁ！」

怒りに打ち震えて自由な左手で掴《つか》みかかった。しかし背中から淡々とした声で止められた。

「スーちゃん。あんな人たち相手にする必要ないわよ」

「⁉」

あの白草《しろくさ》が怒らない……。それだけでもちょっと驚きの事態だ。

というか、これっておそらく『クラスメートが眼中にない』。それくらい白草《しろくさ》は俺のことしか見ていない。

あまりにも意味深な異変に、教室のヒソヒソ話は一段と広がっていった。

「ほら、せっかく私が作ったんだよ？　早く食べて欲しいな……ほら、あ～ん……」

やはり白草《しろくさ》は少し変わった。

いや……少しじゃないか。

かなり変わった。

こんな素直に甘えるような仕草で……しかも人前で堂々となんて、今までの白草《しろくさ》では考えられない。

「しょ、しょーがねぇな……じゃ、じゃあ、あ～ん……」

や、ヤバい……にやける……。

だって初恋の子なんだよ⁉　めっちゃ美人なんだよ⁉

そんな子が教室で堂々と『あ～ん』と言ってくれるなんて、家族を人質に取ってでもやってもらいたいレベルの出来事だよ⁉

内からは湧き上がる喜びと照れ。

外からは燃え上がる殺意と圧力。

そのはざまで揺らぎながら俺は差し出された卵焼きにかぶりついた。

「……っ、うまい！」

そうか、白草《しろくさ》は不器用だけど〝やればできる子〟なのだ。そもそも舌が宇宙の黒羽《くろは》とは土壌が違っている。

お弁当のおかずは卵焼きと鶏《とり》のから揚げ。あとはご飯を詰めただけとシンプルなものだ。でもそれでいい。最初から難易度が高いものに挑戦するのは危険だ。できることからやっていこうとする姿勢が努力家の一面をうかがわせる。白草《しろくさ》は経験上、一歩ずつしか進めないことを知っているのだろう。

「よかったわ」

心の底からの笑顔。クールな白草《しろくさ》が微笑《ほほえ》むだけで幸福度は急上昇する。

俺たちはぐぬぬとやっているクラスメートたちを尻目に、自分たちの世界に浸った。

「ほら、スーちゃん、ご飯も」

「あ、ご飯は大丈夫だって。スプーン持ってきてるし」

「ううん、やらせて。怪我《けが》をさせたの、私だから。これはお詫《わ》びなの」

そこまで言われて断っては男がすたる。

俺は顔をにやけさせつつ、白草《しろくさ》が差し出してくれたご飯に食いついた。

昨日からずっと白草《しろくさ》はこんな感じだ。

優しくて、かいがいしくて、献身的で。ずっとニコニコしてご機嫌だし、寸暇を惜しんで尽くそうとしてくれている。


――でも、勘違いしちゃダメだ。


そう俺は心の中で念じた。

こんなの勘違いするよなぁ……。大良儀《おおらぎ》さんからの警告がなければ、完全に俺に惚《ほ》れてるって思っちゃうって……。

胸が痛い。でも、これだけのことをされて気分が悪いはずがない。むしろにやけてしょうがない。

にやけているなんて他人からしたら見苦しいだけだろうから、表情を引き締めなければ――

と思って顔を上げると、

「ヒッ……」

少し離れたところから殺気を放つ黒羽《くろは》と目が合った。

黒羽《くろは》はいつもの仲のいい友達たちと固まって食べている。そこから暗黒のオーラを放ってきていた。

あれ、おかしいな、お腹《なか》痛いなぁ……。初恋の女の子からご飯を食べさせてもらうなんて、妄想すらしたことがないような楽しいことのはずなのに、お腹《なか》が痛いぞぉ……。

「──末晴《すえはる》お兄ちゃん、ようやく用事を終わらせ、モモが参上しましたよ？」

「よし、モモは少し待て」

「ふぇっ⁉」

さらに襲い掛かるカオスに俺は待ったをかけた。

すでに白草《しろくさ》は警戒を強めている。黒羽《くろは》もお弁当を片付け始めた。

もうどうにでもなれ──と思いかけたところ、

「末晴《すえはる》、志田《しだ》ちゃん、可知《かち》。わりぃけど、群青《ぐんじょう》同盟メンバーは緊急招集。ちょっと耳に入れておきたい案件がある」

昼休み開始と同時にどこかへ行っていた哲彦《てつひこ》が姿を現し、いきなりそう告げた。

哲彦《てつひこ》は元々表情で感情を量りづらい。ただ今までの付き合いで、こういう仏頂面《ぶっちょうづら》をしているときは悩みを抱えていることが多いと知っている。

俺たちは視線で会話しつつ頷《うなず》き、全員昼ご飯を持って部室に移動した。

「ま、食いながら聞いてくれ。ちょっと話が面倒くさいことになってきたから、最初から説明する」

哲彦《てつひこ》は部室にあるホワイトボードに黒ペンでさらさらと文字を書いていく。

その光景を見ながら、俺はスプーンでご飯をすくおうとした。しかし弁当箱が滑った。

するとすかさず右隣の黒羽《くろは》が押さえてくれた。おかげで俺は白米を口に運ぶことができた。

だが左隣にいる白草《しろくさ》が不満げだ。声には出さなかったが、黒羽《くろは》にガンを飛ばしている。

「ちなみに、大事な話だから邪魔するやつは退場な。末晴《すえはる》の世話は……一番冷静そうな真理愛《まりあ》ちゃん、頼んだ。ほら、末晴《すえはる》。お前は真理愛《まりあ》ちゃんの隣まで移動」

「「くっ――」」

黒羽《くろは》も白草《しろくさ》も哲彦《てつひこ》の言葉に説得力があると感じたのか、反論はしなかった。

「じゃあお兄ちゃん、モモが食べさせてあげますね」

「いや、左手で食えるからいいって」

真理愛《まりあ》が相手だと断りやすいからありがたい。

黒羽《くろは》と白草《しろくさ》が相手だと、断るのは申し訳ないという気持ちになっちゃうんだよな。あと甘えてしまいたい、っていう気持ちも湧いてしまう。

真理愛《まりあ》は変に気を使わなくていいし、ある意味一番気楽。おかげで落ち着いた気持ちで哲彦《てつひこ》の話を聞くことができそうだ。

「まず昨日なんだが、実は放課後、オレと部活の顧問が教頭に呼び出された。原因は末晴《すえはる》の怪我《け が》についてだ」

「ん？　ちょっと待て。うちの部に顧問っていたのか……？」

完全に初耳なんだけど。

「バッカ、一応体裁だけとはいえ、部活でもあるんだから顧問は必須だろうが。ほら、今年新規採用で入ってきた伊賀《いが》ってやつがいるだろう？」

「あー、教科は化学だっけ？　あの気が弱そうな……」

「そう、そいつ」

メガネをかけていて、背が低くヒョロヒョロ体型の男性教諭だ。風が吹けば飛んでいきそうな印象だったことだけ覚えている。

「密《ひそ》かに弱みを握っていたから脅して顧問にした」

「お前さらりと犯罪に手を染めるのやめてくれる？」

こわっ！　平然と人を脅すなよっ⁉

「あ、んじゃ言い直すわ。とある取り引きをして顧問を引き受けてもらった。これでも嘘《うそ》ついてねーぞ？」

「……ちなみに取り引き内容は何だよ」

「聞くか？　これでお前も共犯に――」

「あーっあーっ、聞こえないーっ！　俺は何も知らないーっ！」

危ない危ない。立ち入ってはいけないネタだった。

「哲彦《てつひこ》、とりあえず続きを。教頭に呼び出されて何を言われたんだ？」

俺はすかさず話を戻した。

ただまあ、こっちの話もかなり嫌な雰囲気がしている。あまり聞きたい話題ではない。

「ま、結論的にはオレたち、ちょっと注目を浴びすぎているってことだろうな。末晴《すえはる》の事故は偶然だってのはわかるんだが、『顧問なしで沖縄《おきなわ》まで撮影に行っておいて、そこで怪我人《けがにん》が出た』というのはちょっと体裁がよくない。保護者が同行していたとしても、だ」

「……あー、なるほど」

沖縄《おきなわ》での撮影を『部活動』とみなすか、『We　Tuberチームの群青同盟《ぐんじょうどうめい》』とみなすか、正直曖昧だ。ただ部活はまったく関係ない！　と言い切るのは難しそうだ。となると『顧問なしで行って怪我人《けがにん》が出た』という事実は、注意を受けても仕方がないだろう。

「まあ総一郎《そういちろう》さんが電話で事前に謝ってくれたらしくて、昨日は怒られるっつー感じじゃなくて、警告って感じだった」

「ま、しょうがないだろうな。で、ここから話がこんがらがったのか？」

「こんがらがったっていうより、おいしい話なだけに悩みどころというか」

「哲彦《てつひこ》、言ってる意味、わかんねーぞ」

「昨日、帰ってからオレ、総一郎《そういちろう》さんにお礼の電話を入れたんだよ。そのときに総一郎《そういちろう》さんから『テレビ局から依頼がきた』って話をもらってな。その内容が『末晴《すえはる》が芸能界から消えてWeＴubeで復活するまでの話をドキュメンタリーとして撮りたい』ってものだったんだよ」

「俺⁉」

この展開は完全に予想外だ。しかもドキュメンタリーか。

「で、学校外の組織……例えば企業が関わる場合、それと金が絡《から》む場合、学校に報告する義務があってな。やるかどうかは別として、企画を受けられる可能性があるかオレと真理愛《まりあ》ちゃんでさっき校長と教頭に感触だけ聞いてきた」

「だからお前とモモが同じくらいのタイミングでやってきたのか。それでどうだった？」

「めっちゃ好感触だったわ。ぜひやってくれ、とまで言われた」

白草《しろくさ》が力強く頷《うなず》いた。

「その企画、いいわね。もしスーちゃんから事情を聞いてなかったら、絶対見たいって言ったと思うわ。スーちゃんが芸能界から消えたのって、本当に衝撃的で謎だったから」

「でもそれって、ハルの気持ちを無視していない……？」

黒羽《くろは》の思いやりが胸にしみる。

確かに抵抗感がある。母親の死を売り物にしているようで怖い。あのときの辛《つら》さ、恐怖を改めて見つめ直すのは、立ち直ったと言える今でもためらいがある。

「わかってる。その点、総一郎《そういちろう》さんも慎重だった。この企画、末晴《すえはる》からOKが出ない限り動くことはねぇよ」

「ならよかった」

黒羽《くろは》が安堵《あんど》のため息をついた。

「でも甲斐《かい》くん、あなたはこの話を『おいしい話』って言っていたわよね？　どの辺りを指して言っているのかしら？」

白草《しろくさ》の鋭いツッコミに哲彦《てつひこ》は肩をすくめた。

「一つ目はさっき言った、校長や教頭からのウケがいいってことだ。オレたちは部活という衣を羽織って活動している。で、私立の学校ってのはさ、なんだかんだ言って美談とか感動話とかに弱いんだよ。これはちょっと言い過ぎかもしれないが、『末晴《すえはる》が今後芸能活動する前提で、トラウマを乗り越えるリハビリ活動としての群青《ぐんじょう》同盟でありエンタメ部』って見ると、うちの学校、急に先進的な学校に見えてこないか？　なんて生徒に理解のある学校なんだ！　ってよ」

「あっ、なるほど……」

白草《しろくさ》がうなった。

「野球が、サッカーが、演劇が、合唱が、あらゆる部活が将来のプロを育むための準備段階であり、子供たちの夢を育てるための活動と捉えるとしたら、『部活としてWe Tuber活動をすること』も同じと言えるよな？　そうすると、野球で怪我《けが》するのはしょうがなくて、動画撮影で怪我《けが》するのは何でダメなの？　って論理になるんじゃね？」

「屁理屈《へりくつ》だが……俺なら納得しちまうなぁ」

ま、さすがに先生のいないところでの怪我《けが》は弁解の余地がないだろうけど。

「二つ目は群青同盟《ぐんじょう》や末晴《すえはる》の知名度がさらに高まる企画だというのは間違いないってことだ。もちろん感情論を抜きで考えれば、だけどな」

「――だとしても、あたしは反対」

黒羽《くろは》が流れを断ち切った。この場にいるみんなをハッとさせるような、強い口調だった。

「みんなは知らないから勝手に言えるだけ。お母さんが亡《な》くなってハルがどれだけ傷ついたか、どれだけ迷って苦しんだか、知らないからそんなこと言えるの。安易なお涙頂戴のネタにされるなんて、もしハルが許してもあたしが嫌」

「………」

沈黙がおりてきた。

黒羽《くろは》の言っていることは正論だし、繊細な事柄だ。迂闊《うかつ》にわかっているフリをしたら墓穴を掘ることにしかならないから、誰も口を開こうとせず、様子をうかがうだけだ。

俺は黒羽《くろは》の気持ちが嬉《うれ》しかった。思いやりがありがたかった。

「俺は、さ」

俺が口を開くと、一斉に視線が集まった。

皆、じっと鋭い眼差《まなざ》しを向けてくる。

俺は大きく深呼吸し、ゆっくりと語り出した。

「クロが言うように、母さんが死んだことを安易なお涙頂戴にするってのだけは嫌だ。悲劇のヒーローみたいなの、俺、似合わねぇし。あと知名度が高まるのはありがたいけど、過去を商売にするのはちょっと、な」

「末晴《すえはる》お兄ちゃんの懸念《けねん》はもっともですね。テレビ局は企業であり、企業はいい意味でも悪い意味でも基本的に利益最優先ですから」

また沈黙となりそうなところで、哲彦《てつひこ》が口を開いた。

「でもさ、末晴《すえはる》。お前、区切りをつけたいって気持ちはないか？」

「区切り……？」

「お前が動画に出だしたことで、お前のことを探る週刊誌も出てくるだろうし、過去のことを知る関係者の中で、みそぎが済んだと思ってポロっとしゃべるやつが出てくるかもしれないよな。元々契約でしゃべるなって縛ってるわけじゃねぇんだし」

「あー」

それ、めっちゃありそう。

「で、だ。変な感じで暴《あば》かれるくらいなら、きちんとした内容で公開して、過去を整理してもいいんじゃね？　って思ったわけよ」

「なるほどな」

一理ある。週刊誌にすっぱ抜かれてあることないこと書かれるよりはそっちのほうがマシだ。マシ、ってだけだが。

黒羽《くろは》が問いかけた。

「でもさ、哲彦《てつひこ》くん。テレビからの依頼を受けると、お涙頂戴路線になっちゃうんじゃないの？」

「だからオレのほうでカウンター企画を考えた」

哲彦《てつひこ》は身体《からだ》をずらして、ホワイトボードに書かれた文字を叩《たた》いて強調した。

「テレビ局がドキュメンタリーを作るんじゃなくて、オレたちが群青《ぐんじょう》同盟の企画として『末《すえ》晴《はる》の過去』をドキュメンタリーとして作る。末晴《すえはる》が納得した内容じゃないと公開しない。それならクオリティは多少落ちても、『納得できないまま放送された』ってことにだけはならねぇはずだ」

「なるほどな……」

俺が一番怖いのは、捏造《ねつぞう》されるという展開だ。あと触れて欲しくない部分を放送されること。この辺りをやられたらさすがに許せない。

それらの懸念《けねん》が哲彦《てつひこ》の案なら解消する。

「テレビ局と交渉し、オレたちが作った動画を放送したいのならしてもいい。ま、オレたちは素人《しろうと》だから今のままじゃさすがにその展開の可能性は低いと思うが……実はテレビ局も喜びそうで、しかもオレたちが制作したドキュメンタリーを放送したいと言いたくなるような腹案を持っている」

「ん？　腹案？」

もったいつけた言い方しやがるな……。かなり狙いすました企画じゃないとそんなうまい展開にはならないはずだが……。

「聞かせろよ、哲彦《てつひこ》。どんな企画だ？」

「末晴《すえはる》、お前が最後に出たドラマって、〝チャイルド・キング〟だよな。確か平均視聴率二十パーセント超えてたっけ？」

「ああ」

〝チャイルド・キング〟は俺の出世作にして最大のヒット作〝チャイルド・スター〟のシリー

ズとして制作されたドラマだ。

とはいえ、設定はまったく違って、俺が主役という以外は一新されている。

主人公の漣《れん》は十一歳の小学五年生。父親は漣《れん》が物心がつく前に死亡し、母子家庭。生活はかなり貧しい。母親は父親と駆け落ち同然で結婚したことから、親戚からの助けもなかったためだ。

しかし漣《れん》は幸福だった。母親は優しく、貧しい生活など気にならなかった。

そんな漣《れん》に突如として不幸が降りかかる。

目の前で母親が車にひかれ、亡《な》くなってしまったのだ。

しかも母親の葬式で漣《れん》は衝撃的な事実を知る。

それは『親戚たちが裏で事故を引き起こしていた』――というものだった。

つまり母親は事故死ではなく、他殺だったのだ。

『ははは、裏切り者にふさわしい末路だ。それもこれもあんなくだらない男に熱を上げ、一族の誇りを捨てたからだ。まったくバカな女だった』

母がなぜ裏切り者と言われるのか、そして一族とは何なのか、まったくわからなかった。

ただ、許せなかった。

母を嘲笑《あざわら》う声を聞いた漣《れん》は、怒りのあまり眩暈《めまい》を覚え、近くにあったハサミを手に取った。

狙う相手はいきなり葬儀会場に現れ、大会社の社長を名乗り札束をばらまいた叔父だ。

背後から襲おうとして――止められた。

『やめておけ。もうバレている。無理だ』

謎の中年の男があごを向けた先にいたのはボディガードの男だ。その男は漣《れん》が感付いたことを察知し、叔父へ耳打ちをしていた。

漣《れん》は顔を青くした。奴《やつ》に敵と認識されてしまった。何をされるかわからない。

『こっちへ来い』

謎の男が手を引いて漣《れん》を連れ出す。すぐさま追っ手が向けられるが、謎の男の鮮やかな手際《てぎわ》のおかげで何とか逃げることができた。

漣《れん》は落ち着いたところでようやく尋ねることができた。

『あなたは誰ですか……？　母さんとの関係は……？』

『……俺はお前の母の友人だ。とても……そう、とても大事な友人だった』

彼はこう言い放つ。

『奴《やつ》らはこの国の暗部に巣食う一族で、時には法律さえ捻《ね》じ曲《ま》げて利益を貪ってきた。お前の母親は自分の生まれた家の傲慢さを嫌悪《けんお》して逃げ出し、一族の不正を世間に公表するチャンスを待っていた。ただお前が生まれてからは争いを避け、隠れて生活をしていたのだが……奴《やつ》らはお前の母親が持つ情報を放っておけなかったのだろう』

『そ、そんな……っ！　そんなことで母さんは……っ！　僕は、許せない……っ！』

『要は金だ。金がないから奴《やつ》らの不正を探れない。金がないから身を守ることすらできない。権力のないお前が警察に訴えてももみ消されるだろう。金は力だ。金があれば何でもできる。現代は金を持つ者こそが勝ち、自分の意志を貫くことができる。お前があいつらに吠《ほ》え面《づら》をかかせるには、相当な金が必要だろうな。それこそ、キングと称されるほどの金が』

——お前はキングになりたいか？

その言葉に漣《れん》は頷《うなず》く。
金さえあればすべてが叶《かな》う。この怒りも、苦しみも、悲しみも、金が解決してくれる。
そう信じ込んだ漣《れん》は謎の中年の男に付いて行くことを決める。
そして目指す。

——〝チャイルド・キング〟を。

「懐《なつ》かしいですね……。モモにとっても出世作の一つなので、思い出深い作品です」
そう、実はこの作品に真理愛《まりあ》は天才小学生デイトレーダーの女の子として中盤から登場していて、俺と共演している。

「モモ、あのときの末晴《すえはる》お兄ちゃんの演技、大好きなんですよ。〝チャイルド・スター〟のときとまったく違って、荒々しく、激情家でありながらクールで知的。そして鮮やかに相手を嵌《は》めたときの邪悪な笑みがたまらなかったです」

「わかるわ。時折見せる、本来の優しい表情が視聴者の心をまたくすぐるのよね」

「さすがですね、白草《しろくさ》さん。同感です」

「褒めてくれるのはありがてぇけどさ、実はあのころ精神的ダメージがひどくて、撮影中のことはあんま覚えてないんだよなぁ……」

「最終回、どうやって終わったかは覚えているだろ？」

哲彦《てつひこ》の問いに、俺は頷《うなず》いた。

「そりゃもちろん」

最終回、漣《れん》は株の先物取引において暗躍し、大儲《おおもう》けに成功。〝チャイルド・キング〟と呼ばれるほどの金と権力を掴《つか》み、ついに母を殺した犯人――大会社社長の叔父へ反撃を企《たくら》む。

最後の戦いを前にして、漣《れん》は叔父の策略によって死亡した謎の男の遺品を整理していた。その際、謎の男が実の父であることを知る。

父は母と駆け落ちしたが、一族との戦いはあまりに危険すぎた。そのため父は漣《れん》が生まれたのを機に母と離れ、死んだことにし、顔と名を捨て一族と戦っていた。そのため名乗ることもできず、せめて生きる力を身に付けて欲しいと願い、金の稼ぎ方を漣《れん》に教えたのだった。

父から託された意志を背負った漣《れん》は、大切なものは金ではなく、絆《きずな》であることを知る。そして漣《れん》は仲間に協力を求め、叔父の罠《わな》を撃退。ついにマスコミを使った策略で叔父の罪を大々的に暴《あば》くことに成功する。

復讐《ふくしゅう》を果たした漣《れん》には、帰る場所があった。

ずっと心配し、支えてくれた幼なじみの少女。叔父の陰謀で苦しんでいるところを助けて仲間となった大会社の令嬢。ライバルとして登場し、数々の戦いを経て最後は友となった小学生デイトレーダーの女の子。

漣《れん》は支えてくれた三人の少女の元へ帰ろうとし——突如腹部に痛みを感じる。それはいつも漣《れん》をバカにしてきた、叔父の息子である従弟《いとこ》の少年だった。彼は父が捕まるところを見ており、復讐《ふくしゅう》を果たそうとナイフで漣《れん》を刺したのだ。

道路に倒れ込み、そのまま漣《れん》は意識を失った。

そして、時は過ぎる——

ベッドの上で漣《れん》は目を覚ます。

見回すと、見知らぬ高校生ぐらいの少女が三人、傍にいた。

泣きそうになる少女たち。そのうちの一人が言った。

『漣《れん》くんは六年も眠っていたの――』

そう、彼女たちこそ、かつてその元に帰ろうとした三人の少女が成長した姿だった。彼女たちは六年も看病しつつ、待っていてくれたのだ。

漣《れん》を救うため、高名な医者の手配をしたり、新たな薬や術式を試したり。手術代、入院費のために漣《れん》が稼いだ金のほとんどはなくなってしまったと謝る少女たち。

十七歳となった漣《れん》は、こうつぶやく。


『――お金なんていらない。君たちさえいれば』


母親の死からずっと金を追い求め、あがき続け、〝チャイルド・キング〟とまで呼ばれた少年のそんな言葉で物語は終わる。

「あの最後のシーン、主人公って別の役者がやっていたよな？」

「当たり前だろ。当時俺、十一歳だぞ」

「で、お前の今の年齢は？」

「十七歳…………あっ」

目を覚ました漣《れん》の年齢が十七歳。

これ、『眠っていた』＝『芸能界から離れていた』って感じで見ると、現実とドラマの空白の期間がピッタリ重なる。

「つーことで俺の腹案。〝チャイルド・キング〟のラストシーンを『現実に十七歳になった末《すえ》晴《はる》が演じる』っていう企画を逆提案する。要するにヒット作の真エンディングを作らないか、と持ち掛けるわけだ。うちには真理愛《まりあ》ちゃんもいるわけだし、面白くねぇか？　先方がもし面白いと感じてくれたら、これ、空白の期間のドキュメンタリー、一緒に流したくなるんじゃね？　それがたとえ群青《ぐんじょう》同盟で作ったものだとしても」

「そうきたかぁ～」

うん、なるほどなるほど、個人的には大好きだな、そういうの！

テレビ局が興味を示すかわからないが、俺がそのドラマが好きだったら見てみたい！　と間違いなく思うだろう。

よく考えるな、哲彦《てつひこ》のやつ。素直に感心したぞ。

「補足すると、末晴《すえはる》のドキュメンタリーを撮りたいって言ってきたテレビ局、〝チャイルド・キング〟と同じ放送局な。まあその縁があったから真っ先に手を挙げてきたんだろ。あと付け加えるなら、オレは今回のドキュメンタリー制作、あまり押し付ける気はねぇ。こういうアイデアなら末晴《すえはる》が納得するかもしれねぇし、効率よく金や知名度を稼げるかも、ってだけだ。ドキュメンタリーは作るが、テレビ局での放送はなしってのもありだ。別に群青《ぐんじょう》チャンネル上で公開すればいいしな。ま、こういう感動系を放送すると、学校側も今後群青《ぐんじょう》同盟の活動を大目に見てくれる可能性が上がるかもってメリットもあるから、そりゃ受けてくれたほうがありがてぇがな」

冷静に見るとメリットだらけだ。もちろん俺の感情を除けばの話だが。

哲彦《てつひこ》が携帯に目をやった。

「おっと、もういい時間だな。わりぃ、思ったより時間かかった。明日からテストだから、今日の放課後から部活なしな。で、土曜にこの企画について検討会と投票を行う。それまでみんなどうしたいか、どうするべきか、考えておいてくれ」

急いで招集したのは、全員に考える時間を少しでも多く与えるためか。

確かにこれは悩ましい企画だ。テストもあるが、支障のない範囲でじっくり考えてみるとしよう……。

＊

――ちょっと、顔を貸してくれる？

昼休み後、そんなメッセージをホットラインで送ったのは黒羽《くろは》だった。

次のメッセージは真理愛《まりあ》で『そろそろ来ると思っていました。場所はモモが確保しておきましたので放課後ここへ』というもので、とある喫茶店のリンクが付いていた。続いて白草《しろくさ》の『スーちゃんはシオンと一緒に先に帰ってもらうよう手はずを整えたから』というメッセージだった。

何の打ち合わせもしていないのに、三人は阿吽《あうん》の呼吸によりたった三通のメッセージですべての準備を整えた。

そういうわけで放課後、通学路から少し外れた、イングリッシュガーデン風庭園がある喫茶店に乙女たちは集まっていた。

「モモさん、ここ高いんじゃや……」

と黒羽《くろは》が問うと、真理愛《まりあ》は何でもないことのように言った。

「学校から徒歩で行けるところで個室があるのがここくらいでしたので。今日はモモのおごりです」

「何だか貸しにされそうで怖いわ。私、自分の分は払うから」

「あたしも」

「……そうおっしゃるのなら、止めはしませんが」

そんなやり取りをしつつ、洒落《しゃれ》た調度品がしつらえられた個室に三人は案内された。

六人掛けのテーブルにそれぞれが距離を取って座る。店員を呼び、白草《しろくさ》はエスプレッソ、真《ま》理愛《りあ》はロイヤルミルクティー、黒羽《くろは》はアイスコーヒーとオレンジジュースを一対一で混ぜられ

るかを問い、店員を困惑させたが、少し後に『できます』と告げられた。

個室には重くよどんだ空気が漂っていた。

互いが互いをけん制し、視線だけで刃《やいば》を交わすに等しい攻防が繰り広げられている。しかし三人ともそんな雰囲気はおくびにも出さず、むしろ余裕に満ちた仕草をすることで優位に立とうとさえしていた。

「さて、黒羽《くろは》さんがモモたちを呼び出した理由、だいたいの想像はついていますが……一応聞きましょうか」

そう真理愛《まりあ》が切り出すと、黒羽《くろは》はため息をついた。

「じゃあ言わせてもらうけど、ちょっとあたしたち、目立ちすぎていると思うの」

「それ、教室の中でスーちゃんの匂いを嗅いだり、付き合っている宣言したりした人が言える言葉かしら？」

「ぐっ――」

黒羽《くろは》が奥歯を嚙《か》みしめると、白草《しろくさ》は表情を変えず水に口をつけた。

「白草《しろくさ》さん、その辺の情報、もう少し詳しく聞きたいのですが」

「そのままの話よ。以前から志田《しだ》さんはそういう行動を恥ずかしげもなくしていたわ。告白祭の少し前辺りなんて露骨で、見ているほうが恥ずかしかったものよ。本当にあさましい。恐ろしいわ」

「そうですか。……さすがとだけ言っておきます」

「ちょっと！　モモさんがそのセリフ言う⁉」

黒羽《くろは》はテーブルを叩《たた》いて立ち上がった。

「言ってはダメですか？」

「だって休み時間のたびにうちのクラスに来て、ハルにベタベタと……っ！　あれ、見ているほうが恥ずかしいくらいなんだから……っ！　あと、可知《かち》さん！」

「私？」

「今日のあれ何よ⁉」

「あれって何よ」

「あの、食べさせるやつ……っ！」

白草《しろくさ》は細く美しい人差し指を頬に当てると、可憐《かれん》な笑みを浮かべた。

「ああ、あれね。怪我《けが》をさせてしまったのだから、当然の奉仕よ」

「だからといってやりすぎよ……っ！」

「だからそれを図書準備室でスーちゃんにあ〜んさせていたあなたが言うのかしら？」

「うっ――」

黒羽《くろは》はたじろいだが、今度はすぐに反撃した。

「で、でもあれは人目がなかったから！　もし人目があったらあたしでもできなかった！」

「もう語るに落ちてますよね」

「ホントそれ」

「はぁ⁉」

「お待たせいたしま――」

その瞬間、三人の少女の眼力が店員に集まった。

「――ひぃっ！」

バイトの大学生といった感じの男性店員は恐怖のあまりトレーを落とした。

「……落ちましたけど」

「す、すいませんでした！　すぐに片付けて代わりをお持ちいたします！」

店員が慌てて片付ける間、完全に無言。

清掃を終えた店員は、重圧だけが高まる場から逃げるかのように去っていった。

店員が別の店員に『あの席の女の子たち、全員滅茶苦茶《めちゃくちゃ》可愛《かわい》いからウキウキしてドリンク持っていったら死ぬほど怖かった！』と叫んでいるのがかすかに聞こえたが、全員聞こえないフリをした。

黒羽《くろは》は席に座り直して口を開いた。

「もう一度言うけど、あたしたち、目立ちすぎていると思うの」

二度目ということもあって、誰もここでは突っ込まなかった。

「このままじゃあたしたち、変な噂《うわさ》立てられちゃう」

「変な噂《うわさ》って何かしら？」

「例えば……ハルといかがわしいことしているとか……」

「いかがわしいのはあなたの頭の中だけだと思うのだけれど？」

「はぁ？」

黒羽《くろは》の威圧を意に介さず、真理愛《まりあ》は神妙な声色でつぶやいた。

「実はモモ、その辺りが怖いというか、実は一つ制限が必要かな、と思っていまして」

「……言ってみなさい」

「末晴《すえはる》お兄ちゃんって、スケベですよね」

「「………」」

黒羽《くろは》と白草《しろくさ》が無言で頷《うなず》く。

「なんだか黒羽《くろは》さんが吹っ切ったら色仕掛《いろじか》けで既成事実を作ろうとしてくる気がするんですよ。ぶっちゃけると、その展開が一番怖いです」

「ぶっ！」

水に口をつけていた黒羽《くろは》が吹いた。

「も、も、モモさん……っ！　よ、よくもそんなことを……っ！」

「だってそんなことができる行動力があるの、黒羽《くろは》さんくらいですし」

「乙女っ！　あたし乙女だからっ！　そんなことできるはずないじゃないっ！」

「……まあ乙女であることは否定しませんが、黒羽《くろは》さんって、『魔王的乙女』とか『策略系乙女』とか、二つ名のような補足が必要な感じがしていまして」

「うまいこと言うわね」

「でしょう？」

「今度小説のネタに使わせてもらうわ」

「どうぞお使いください。むしろ使ってください」

「ネタに使わないで！　言っとくけど、それ言うならモモさんって、『ハイエナ的妹キャラ』よね？」

「ああそうですか黒羽《くろは》さんそういうこと言うんですかそんなこと言われたらモモも大人しくしていられませんよ？」

「最初から大人しくないじゃない！　先に言い出したのはそっちでしょ！」

「ふぅ……まったくこの二人、見苦しいわね」

「ポンコツは黙ってて」

「ポンコツは黙っててください」

同時に二人から言われ、白草《しろくさ》はうっ、とたじろいで押し黙った。

「……まあ傷が深くなるだけですし、そろそろやめましょうか」

「……そうね」

「……本当に既成事実を作ろうとしないですよね？」

「も、モモさんしつこい！　しないって！　するわけないじゃない！」

「では考えたこともないですか？」

「……じゃ、次のお話しよっか？」

「本当に黒羽《くろは》さんは語るに落ちると言うか……」

「それよりいいの？　あたしだけじゃなくて可知《かち》さんには牽制《けんせい》しないの？」

「白草《しろくさ》さんは最初からそんな度胸がないってわかっていますので別にいいです」

「あ、なるほど。うん、わかるわかる」

「ですよね」

「二人とも今すぐ腹を切って死になさい」

ふう、と黒羽《くろは》は小動物に例えられる可愛《かわい》らしい顔を憂いに変え、大きく息を吐きだした。

「……あのね、モモさん？　言われっぱなしは性に合わないから、一つ突っ込ませてもらっていい？」

「嫌ですけどダメと言っても無理やり言いそうですし、まあどうぞ」

「そういう発想が浮かぶってことは、モモさんも同じこと考えていたんじゃ——」

「……何のことやら」

「あ〜、もうっ！　そうやっていつもとぼけて！　モモさんね、言わせてもらうけど、あれだけハルにベタベタするのはホントないから！　周りの目とか気にならないの？」

「別に……。末晴《すえはる》お兄ちゃんとの愛は恥ずかしいものではないので」

「誰かが撮影してネットに上げられたらマズいんじゃない？　今は芸能界と少し距離置いているみたいだけど、復帰に影響するんじゃないの？」

　初めて真理愛《まりあ》が頬を引きつらせた。

「黒羽《くろは》さん、ご忠告ありがとうございます。でもそうやってモモを引かせておいて、その隙を狙ってアタックするんでしょう？」

「ち、ちが——」

「本当にいやらしいですね。そう思いませんか、白草《しろくさ》さん？」

「そうね、桃坂《ももさか》さん。意見が一致したわね」

「おいコラ二人とも☆　簀《す》巻《ま》きにするぞこの野郎☆」

「さ、先ほどはすみませ——うひぃっ！」

　あまりの恐ろしさに男性店員は生まれたての小鹿のように足を震わせたが、二度目とあって何とか踏ん張り、飲み物をそれぞれの前に置いた。

「ご、ごご、ご用がありましたらまたお呼び――」

「話をしたいので、少しそっとしておいてもらえますか？」

黒羽《くろは》がニコッと微笑《ほほえ》むと、男性店員は背筋を伸ばした。

「か……かしこまりましたぁ！」

逃げるように退出した男性店員が厨房《ちゅうぼう》スタッフに『死を覚悟した』と言って騒ぐのだが、それはまた別の話である。

各自飲み物に口をつけ、少し落ち着いたところで白草《しろくさ》が口を開いた。

「何かしらの制限が必要、という提案には賛同するわ」

「……ですね」

「最初からその話がしたかったのよ。とりあえずあたしからの希望としては――可知《かち》さん。あなたのハルとの同居、やりすぎだと思うの」

白草《しろくさ》は形のよい鼻を高く掲げた。

「どうして？　怪我《けが》をさせた私が看病する。何かおかしなところがあるかしら？」

「昨日うちのお母さんに聞いたんだけど、ハルのお父さんに許可を取る際、自分に任せて欲しいってアピールしたんだって？　泊まる人数が多いと部屋が足りなくて大変とか、いろいろ吹き込んでこれから他の人が泊まろうとしてきた場合、断るようにお願いしたらしいじゃない」

「あー、なるほど。ようやくわかりました。だからお姉ちゃん、すんなり引かざるを得なかったんですね」

「知らないわ」

白草《しろくさ》は長い黒髪をふわっとかき上げ、そっぽを向いた。

「で、あたしからの要求としては、せめて交代制を呑《の》んで欲しいの。たぶんこの三人で看病しようとすると、ハルにみっともないところを見せることになって、三人とも自滅する可能性あると思わない？」

「……そうですね。モモは黒羽《くろは》さんの意見に賛同します」

「もちろん『あたしだけ』『モモさんだけ』ってことにしないから。例えばあたしなら、妹の誰かを一緒に泊めてもいいし」

「い・や」

白草《しろくさ》は短くそう告げた。

「志田《しだ》さんも桃坂《ももさか》さんも自分に都合のいい人間を一緒に泊めようとするでしょ？　そんなの制止役にならないじゃない。私と一緒に泊まってるシオンはね、お父さんがお目付け役として選んでいるの。あの子、スーちゃんのこと嫌いなのよ？　あの子がいる以上、私はスーちゃんに特別なアピール一つできないのが現状よ。条件がまったく違うから――それは呑《の》めないわ」

「黒羽《くろは》さん、白草《しろくさ》さんの話、本当ですか？」

「……そうね。昨日何もなかったみたいだし、大良儀紫苑《おおらぎしおん》という子が、ハルを嫌っているのは事実よ。……正直、お目付け役として頼りなさそうなところはあるけれど……誰かの言いなりになるような子じゃないし、いいムードになったら容赦なくぶち壊しにするだろうという意味では、信頼できそうよ」

「満更嘘《うそ》でもないってことですか。まあいいです。話を進めましょう。黒羽《くろは》さん、白草《しろくさ》さんにだけでなく、モモにも言いたいことがあるんでしょう？」

ロイヤルミルクティーをお皿に置き、真理愛《まりあ》がふわふわの髪を胸の前でいじる。

黒羽《くろは》はアイスコーヒーのオレンジジュース割りをストローでよく混ぜ、一口飲んだ。

「さっきも言ったけど、人前で派手な行動は控えて。モモさんは芸能人だから影響が大きすぎると思うの。これ、モモさんのためにもなると思うんだけど」

「じゃあモモからも条件出したいんですけど……黒羽《くろは》さん？　モモは知っていますよ？　あの『好きって言うゲーム』ってやつ」

「？　…………何それ。詳しく聞きたいわね」

白草《しろくさ》が黒羽《くろは》に殺意を放つ。

しかし黒羽《くろは》はペロッと舌を出して視線を逸《そ》らした。

「何のこと？　あたし、知らないけど？」

「これだから黒羽《くろは》さんは……。あの、語尾に『好き』ってつけてる、ふしだらなあれですよ」

「はぁ⁉　語尾に『好き』ってつける⁉」

白草《しろくさ》が信じがたいものを見るかのように目を見開く。

黒羽《くろは》は肩をすくめると、人差し指をあごに当てて微笑《ほほえ》んだ。

「――何か文句ある？」

「あるに決まってるじゃないですかぁ！　滅茶苦茶《めちゃくちゃ》ありますよ！　何言ってるんですか！」

「この女……っ！　十時間くらい説教して、雑巾みたいに絞りあげたいわ！」

大声が廊下にまで漏れ出し、店員がチラッと覗《のぞ》き込《こ》む。しかし中の様子を見て『ひっ』と小さく悲鳴を上げ、すぐに逃げ出した。

興奮のあまり清楚《せいそ》さをかなぐり捨てて息を切らす真理愛《まりあ》は力強く告げた。

「……とりあえず、モモはそのゲームの禁止を要求します！」

「賛成！　異議なし！　大賛成よ！」

「あ、ふ～ん、でもそもそも、何で言うこと聞かなきゃいけないの？」

「それなら黒羽《くろは》さんだって要求する筋合いはないじゃないですか！」

「……そうね、でもやめるのは嫌。もう少し違う条件なら考えてもいいけど」

「くっ……黒羽《くろは》さん、あなたほど手ごわい人、モモは初めてですよ」

「そう？　せっかくだし褒め言葉として受け取っておこうかな」

出口のない迷路に迷い込んだような閉塞感が漂う。

そんな中、新たな空気を吹き込んだのは白草《しろくさ》だった。

「あなたたち『三方一両損《さんぼういちりょうぞん》』の落語、知っているかしら？」

「……モモは知らないです」

「……あたしは何となく知ってるけど、説明までは」

二人の反応を見て、白草《しろくさ》は語り出した。

「三両拾った左官がいて、落としたのが大工とわかったから返そうとしたら、大工は江戸っ子で、諦めていたからいらないって言うの。左官も江戸っ子だから受け取れないと言い出し、大《おお》岡越前《おかえちぜん》が裁くことになったの。それで大岡越前《おおおかえちぜん》はどちらも一理あるから、自分が一両足して四両にする。本来三両もらえたはずの左官と大工が二両ずつ取り、一両ずつ損。大岡越前《おおおかえちぜん》も一両出したから一両損。これで全員が一両損することで平等になるって解決をしたわけ。ま、オチで出てくるお膳に関しては省略させてもらうわ」

「なるほど。わかりました。つまり白草《しろくさ》さんは、全員一つずつ譲って、平等に要求を受け入れるべきだ、と」

「そういうことよ。少なくとも志田《しだ》さんのような一方的な要求では絶対に誰も受け入れない。それだけは確かなはずよ」

「……わかった」

黒羽《くろは》が承諾したことで、話はそれぞれが何を譲るかに移った。

そして三十分ほどの討議の後、結論は出た。

「じゃあまとめるわよ」

白草《しろくさ》が紙に書いた取り決め事項を読み上げた。

「まず志田《しだ》さんは『好きって言うゲーム』をやめる」

「……はい。とりあえず」

「ちょっと志田《しだ》さん！　とりあえずって言ったでしょう！　そういうのなしだから！」

「ちっ」

「ちっ、じゃないわよ！」

白草《しろくさ》は深呼吸をして息を落ち着けると、話を続けた。

「桃坂《ももさか》さんは『騒ぎになるような軽はずみな行動の禁止』。具体例はつけないけど、私と志田《しだ》さんがイエローカードを三枚出したら、問答無用でスーちゃんとの接触を全部潰すから」

「……しょうがありませんね」

「最後に私は、『スーちゃんとの同居を交代制にすることを認める』。ただし条件として、お目付け役のシオンは固定とすること。いいわね」

「了解」

「まず今日は私。明日の木曜は桃坂《ももさか》さん。明後日《あさって》の金曜は志田《しだ》さん。この順番はスーちゃんの右手が治って同居が不要になるまで固定よ」

「は～い。あ、モモ、一つ忘れてました！　白草《しろくさ》さんが末晴《すえはる》お兄ちゃんの教室で『あ～ん』ってやりだしたって件についても禁止して欲しいんですけど！」

白草《しろくさ》が眉をピクリと動かす。

しかし真理愛《まりあ》を抑えたのは黒羽《くろは》だった。

「モモさん、それは大丈夫。今度うちのクラスでやったらさすがにあたしが止めるから」

「……できるんですか？　喧嘩《けんか》になるだけのような」

「可知《かち》さんって、大義名分があれば突拍子もないこともできるようなタイプに見えるのよね」

黒羽《くろは》が白草《しろくさ》に視線を移したが、白草《しろくさ》はエスプレッソに口をつけただけだった。

「今回大胆な行動ができているのって、『ハルが怪我《けが》をしているから』『その原因が自分のせいだから』っていう大義名分があるからだと思うの。逆に言えば大義名分がなければきっと大胆なことはできない。つまりここさえ突き崩せばできなくなるはずよ」

「やってみればいいじゃない」

白草《しろくさ》が澄ましてつぶやくと、黒羽《くろは》はニコッと笑った。

「じゃあ同じことやっていたら『可知《かち》さん、ハルのお世話はあたしがやってもいいんだよ？どうしてもやりたいの？　ハルのこと好きすぎるんじゃない？』ってみんなの前で言うから」

白草《しろくさ》はかぁっと顔を赤くした。

「あ、あなたね！　そ、そんなこと言ったら絶望に身をよじらせて――」

「ほら、できそうにないでしょ？　はい、じゃあこの話終わり～」

「そこまで見抜いているなんて……やっぱり黒羽《くろは》さんは侮《あなど》れませんね……」

腕を組んで眉間に皺《しわ》を寄せていた真理愛《まりあ》は、突如ポンっと胸の前で手を叩《たた》いた。

「あ、ちょっと話が変わるんですけど、いいですか？」

今までとはまったく違う気の抜けた口調。

張り詰めていた空気が一気に緩み、黒羽《くろは》は目をしばたたかせた。

「いいけど、何の話？」

「哲彦《てつひこ》さんが言っていたドキュメンタリーの話です」

「それ、スーちゃん次第のはずだけど？」

「もちろん末晴《すえはる》お兄ちゃんの承諾が大前提ですが、アイデアが浮かんだのでよければお二人の賛同を得られればな、と思いまして」

「……ということはあたしたちに関係するアイデアなの？」

黒羽《くろは》の問いに真理愛《まりあ》が頷《うなず》く。

「モモたち三人、お兄ちゃんの過去に関わっているじゃないですか。しかもそれぞれが別の視点から」

「なるほど、そういうこと」

白草《しろくさ》はエスプレッソカップの縁に人差し指を滑らせた。

「つまり私たちそれぞれがインタビュアーとなり、スーちゃんの過去に迫るドキュメンタリーはどうか、と提案したいわけね？」

「さすがですね、白草《しろくさ》さん。企画やシナリオに関してだけは素晴らしいです」

「本当にこの子は……。だけ、とか侮辱しているのかしら？」

「侮辱はしていませんが少し舐《な》めてます」

「あなたね！」

「だとすると、誰がどの過去をやるの？」

いきり立った白草《しろくさ》は黒羽《くろは》の問いに出鼻をくじかれ、ため息をついて座り直した。

「私はスーちゃんが有名になった時期……〝チャイルド・スター〟以後くらいをやらせてもらえれば文句はないわ」

「まあ白草《しろくさ》さんは末晴《すえはる》お兄ちゃんと関わった時期が一番短いので、それ以外は無理ですよね」

「ホント癇《かん》に障《さわ》る子ね……」

「あたしはハルのプライベートの部分ならほぼ全部知っているから広くカバーできるけど……」

黒羽《くろは》はあえてそこで言葉を切り、バトンを真理愛《まりあ》に渡した。

「今回のドキュメンタリー、あくまでメインは末晴《すえはる》お兄ちゃんが芸能界から消えた理由です。となると芸能界視点でお母様の事故前後を見ていく必要があるでしょう。そこに焦点を合わせられる過去を知っているのはモモだけです。なのでその辺りはモモが引き受けます」

「それならあたしが引退後のハルについてかな。少し気になる部分はあるけど……くつがえすほどじゃないから異論は言わないでおくね」

三人が頷《うなず》き合《あ》う。

これで末晴《すえはる》がドキュメンタリーを承諾した場合の制作方法は合意となった。群青《ぐんじょう》同盟は五人しかいないため、これによって過半数は確保された。つまりはこの話し合いでドキュメンタリーの制作方法が決定したと言っていい。

ただ三人それぞれが胸の内で巡らせている思考は、『合意』と呼ぶにはあまりにかけ離れていた――

(まさか〝きっかけ〟がこんな棚ぼたで手に入るなんて……これなら勝負をかけられる。モモさんも可知《かち》さんも自分が得したように感じているかもしれないけれど、一番おいしいのは間違いなくあたしよ……)

そんな心理を悟られないよう、黒羽《くろは》はあくまで穏やかに笑う。

(これは大きなチャンスだわ。この企画ならスーちゃんは思い出してくれるかもしれない。あの日のことを。……そして知って欲しい。私がどんな想《おも》いだったか――そうすればスーちゃんにきっと私の想《おも》いは伝わるはずだわ……）

白草《しろくさ》は少しだけ目をつぶり、強く強く祈る。

（ふふふっ、お二人ともまんまとハマりましたね。皆さんには悪いですけど、これはもらいましたよ……。ドキュメンタリーが実現すれば、勝利への道筋はついたも同然……。おっと、だからこそ下品な笑いを浮かべないよう気をつけなければいけませんね……）

真理愛《まりあ》は一瞬だけの瞑想《めいそう》で精神をフラットに戻すと、次の瞬間、純粋無垢《むく》な笑顔を浮かべた。


「「「ふふふ……」」」


三人は互いの様子をうかがいつつ笑い合った。

こうして騒動の種を残したまま、乙女たちの密談は終わりを告げた。

第二章　あれは駆け落ちだった

＊

……

…………

…………


これは夢だ。母さんが隣にいることがその証拠だ。

懐《なつ》かしい気持ちになったが、不思議と身体《からだ》は自由に動かなかった。

『お母さんはさ、どうしてお父さんと結婚したの？』

セリフに覚えがあった。だから過去の記憶に乗り移っているような状態なんだと、すぐに察した。

確かこれ、撮影現場への移動中——車の中での会話だ。

このころ、俺はチャイルド・スターが当たって大忙しになりだしていた。そのことを母さんは大喜びしたものだが、父さんは特に何も反応しなかった。元々無表情で、気が向いたときだけ様々なことを教えてくる父さんのことを、俺はよく摑《つか》めていなかった。

父さんと母さんの反応のギャップは性格の違いを感じさせ、そうするとどうして結婚したのかという疑問を呼び起こした。なので率直に尋ねてみた――というわけだった。

『ふふっ』

母さんは含み笑いをしながら答えた。

『実はお父さんからね、熱烈なアプローチをかけられたってのはあるんだけど……』

『えっ、嘘《うそ》!?』

いつも無表情な父さんの行動とは思えない。

『でももっと単純で、けれどもとても複雑で、なのに一言で説明できてしまう理由があるの』

そう前振りをすると、少し照れくさそうに、でも誇らしげにつぶやいた。

『――大好きだからよ』

このとき小学四年生だから、思いっきりのろけだってわかった。正直、ちょっと呆《あき》れた。

しかし何よりも堂々とのろける姿に――憧れた。

母さんは幸せなんだってわかった。自分もそんな風に幸せになりたいと思った。

だからいつしか俺は――

……………

…………

……

「ハル、起きて。時間よ」

「クロ……？　う〜ん、眠い……。今日、土曜だろ……？　もう少し寝かせてくれ……」

「部活あるでしょ？　もーっ、しょうがないんだから。あとちょっとだけだよ？」

気配が去っていく。

俺は安心し、またまどろみの中に落ちていった。

「…………………起きてください、丸《まる》さん」

「……うるせー」

俺が寝返りを打って声の主へ背を向けると、ベッドを蹴られた。

「うぉっ！　何だ⁉」

見上げると、目が合った。大良儀《おおらぎ》さんだ。

彼女はいつもからは考えられないほど穏やかに微笑《ほほえ》んでいた。

「おはようございます、丸《まる》さん。朝ですよ。顔を洗ってきてはどうでしょうか？」

おかしい……大人しすぎる……これじゃあちゃんとした有能メイドじゃないか……。

何だろう……何だか嫌な予感がするな……。

大良儀《おおらぎ》さんの視線は——俺のギプスか。

視線を右手に落とすと、ギプスに『天才紫苑《しおん》ちゃん参上！』と書いてあった。

「……おい」

「どうしたんですか？　言っておきますが、わたしは書いてませんよ？」

「はぁ？　紫苑《しおん》ちゃんと書いておいて言い逃れできると思っているのか？」

「でしたら証拠を出してくださいよ？　証拠ですよ、証拠。ないんですか？　じゃあわたしは無実ですよね？　ああ、わたし、やっぱり天才だな。困ったな。世界取れてしまうな」

すげー、びっくりするほどウザい。

これが年下の玲菜《れな》ならアイアンクローの一つでもかますところだが、同級生の女の子にやるのは少しためらいがある。

なので――

「わかった。じゃあ筆跡鑑定するか」

「…………へ？」

「シロに頼めば大良儀《おおらぎ》さんの書いたノートくらい簡単に手に入るし。プロに見せてきっちりやろう。うん、そうしよう」

「えっ？　いえ、あ、それはちょっと……」

「無実なんだろ？　じゃあいいだろ。もし有罪だってわかれば覚悟しておけよ。このギプスを会うやつみんなに見せつけて『こんな頭のおかしい子がいるんだ』ってネタにするからな？」

「う、嘘《うそ》ですよね……？　可愛《かわい》い紫苑《しおん》ちゃんにそんなひどいことしないですよね……？」

もうこの時点ですでに自白しているようなものだが、俺はトドメの一撃を放った。

「んん〜？　今すぐ謝れば鑑定するのも面倒くさいし、やめてやってもいいが？　どうしようかな〜？」

大良儀《おおらぎ》さんは涙目になってプルプル震えると、目を伏せた。

「ご、ごめ…………………………なんて言うと思いましたか！」

大良儀《おおらぎ》さんがメイド服のポケットに手を伸ばす。

出してきたのは——黒マジックだ！

そして勢いよくキャップを外すと、いきなり飛びついてきた。

「!?」

勢いのままベッドに押し倒された。

さすがに女の子に飛びつかれては動揺を隠せない。乱暴に振りほどくのもためらいがある。

しかも大良儀《おおらぎ》さん……滅茶苦茶《めちゃくちゃ》力強いな！　運動神経がいいのかもしれない。

「ふふんっ！　これでどうですか！」

大良儀《おおらぎ》さんが勝利のガッツポーズをする。

いつの間にやらギプスの一部が真っ黒に塗りつぶされていた。

「あのさ……」

「何ですか？」

「体勢……」

大良儀《おおらぎ》さんは俺の腹の上に座っている。そんな体勢で勝利の笑みを浮かべたり、ガッツポーズをしたりしていたわけだ。

大良儀《おおらぎ》さんは我に返り、顔中を赤面させたところで――

「ハル、さっきから騒がしいけど――」

騒動を聞きつけてやってきた黒羽《くろは》が扉の前で固まった。

「…………」

目を細める黒羽《くろは》が怖い。本当に怖い。とりあえず土下座したい。なのに大良儀《おおらぎ》さんが腹の上に乗っていて、左腕一本でははね除《の》けられない。タスケテー。

すると何を思ったのか、大良儀《おおらぎ》さんはめそめそと泣き始めた。

「……あの……丸《まる》さんが……無理やり……」

「はあああぁぁぁぁぁ!?」

こいつ何言い出しやがってんの!?

「…………ハル、ちょっと説明してくれる？」

「クロ！　落ち着け！　この位置見てみろよ！　俺、押し倒されてる側だろ！　それに右手が使えないのに俺がどうこうできると思うか!?」

「……まあ、確かに」

「ちっ、残念です～」

大良儀《おおらぎ》さんはまったく悪びれず舌打ちした。

「でもさっきの丸《まる》さんの顔……超おかしかったんですけど～？　くすくす～」

「……お前絶対後で倍返しにしてやるからな。覚悟しておけよ」

「へ～、できると思ってるんですか……？　あ、手が滑っちゃいました！」

とか言いつつ大良儀《おおらぎ》さんは俺のギプスにチョップをかました。

「いたっ！」

そして自爆した。ギプスが硬いの、忘れていたのだろうか……。

「なんてアホなんだ……あと卑怯《ひきょう》すぎるぞ！　最低だな！」

「勝てば官軍なんですよ！」

「勝ってねぇし！　失敗してるし！」

「どこがです？　わたし、負けたことないですけど？　ほんとおバカさんですね、丸《まる》さんは！」

どこまでも減らず口の大良儀《おおらぎ》さんにぐぬぬ、と思っていたところ、黒羽《くろは》が大良儀《おおらぎ》さんの肩に手をかけ、諭すように言った。

「まずそこからどきなさい。はしたないから」

調子に乗っていたせいでかなりマズい体勢であることを忘れていたようだ。

大良儀《おおらぎ》さんは赤面すると、慌てて俺の腹の上から下りた。

そんな大良儀《おおらぎ》さんの首根っこを黒羽《くろは》は摑《つか》まえた。

「あと、やっていいことと悪いことがあるんだけど……わかる？　わかってないよね？　じゃあ、ちょっとこれから話、しよっか」

「あ、あのね、志田《しだ》さん？　も、もう少し優しい顔つきをしてくれるとありがたいんですけど……」

「やってはいけないことをやってしまう、危ない子にもわかるようにしているつもりなんだけど？」

「ゆ、許して……？　ね、ねぇ、ひどいことしないで……？」

「ひどいことをするつもりなんてないけど？　ただ教えようと思っているだけ……」

「な、何を教えるつもりなんですか……？」

「世間の常識と、乙女の禁則事項」

「だずげで丸《まる》さぁぁぁぁん～っ！　謝りまずがらぁぁ～っ！」

黒羽《くろは》に引きずられていく大良儀《おおらぎ》さんの嘆願を俺は華麗にスルーした。

まあ、当然である。自業自得《じごうじとく》だ。

俺が左手だけで念仏を唱えるポーズをすると、大良儀《おおらぎ》さんは舌打ちをした。

「使えない愚図ですねぇ」

不屈の精神だな、おい。

ぶっ殺すよ？


リビングの片隅で魂の抜けた大良儀《おおらぎ》さんが壁に向かって体育座りをしている。

黒羽《くろは》の『お仕置き』があったせいなのだが、どんなことをされたのか恐ろしくて聞けなかった。

「はい、ハル。お味噌汁《みそしる》」

「ありがとな」

大良儀《おおらぎ》さん＋黒羽《くろは》、白草《しろくさ》、真理愛《まりあ》の誰かが泊まるという体制ができて、数日経《た》っていた。

初日は三人が押しかけてきて大きく揉《も》めたあげく白草《しろくさ》が泊まっていったが、何やら三者で合意があったらしく、水曜白草《しろくさ》、木曜真理愛《まりあ》、そして昨日から今日にかけて黒羽《くろは》が泊まった。

この順番でループするらしく、今日の夜は白草《しろくさ》となっている。

「……うまい」

言うまでもないことだが、お味噌汁《みそしる》を作ったのは大良儀《おおらぎ》さんだ。

不思議なことに大良儀《おおらぎ》さんの作る料理はうまい。あの性格なのにおいしい料理が作れるのだ。

本当に料理の世界は奥が深い。

「クロはあいかわらず面倒見がいいな」

俺が何気なくつぶやくと、黒羽《くろは》は目をパチクリさせた。

「もーっ、お世辞言わなくてもいいって」

と言いつつも、機嫌が良くなっている。耳がヒクヒクしているのがその証拠だ。

「お世辞じゃねぇって。だって食べやすいように俺のには豆腐だけにしておいてくれてるだろ？」

お味噌汁《みそしる》は見る限り、豆腐とワカメが具だ。なのに豆腐だけよそってくれたのは、ワカメが左手では摑《つか》みづらく、椀《わん》に残ってしまうと汁を飲みにくいことを考慮してなのだろう。こういうさりげない優しさが黒羽《くろは》らしいと思った。

「別に大したことしてないし」

「他にも座るときに椅子を引いてくれたりもしたし」

「いいの。あたしがやりたかっただけだから」

黒羽《くろは》は世話を焼くのが好きだ。このセリフ、無理して言っているのなら俺は自分でやるが、本当に『やりたい』と思っていることを知っている。だから、素直に礼を言うことにした。

「ありがとな」

「怪我人《けがにん》はお姉ちゃんに甘えてればいーの」

黒羽《くろは》は鼻歌混じりで俺の背後に移動すると、すんすんと俺の髪の匂いを嗅ぎつつ、何気なく肩を揉《も》んできた。しかもツボをついていて気持ちいい。

ヤバい、黒羽《くろは》お姉ちゃんに甘やかされるのは危険だ。心地よさに溺れてしまい、怠惰になってしまいそうだ。

なのでちょっと話題を変えた。

「クロ、今日の部活、何時からだっけ？」

「九時。……そういえばさ、ハル。今日、どういう結論を出す気？」

声に少し影が宿る。

黒羽《くろは》は俺の肩を揉《も》むのをやめると、手を肩に置いたまま肩口から顔を出し、俺の横顔を見つめてきた。

「あの、クロ……ちょっと近い」

「あ、ごめん……」

何となく照れくさくなり、互いにそっぽを向いた。それでまあ少し落ち着いたかなと思って黒羽《くろは》の様子をうかがうと、まさに黒羽《くろは》も同じことをしていて。ジャストで視線が合ってしまい、また照れてしまう。

——と、そのとき。

「ピィイイイッ！　ちょっとちょっと！　そこ！　『ラブ協定違反』ですよ！」

ホイッスルがリビングに鳴り響いた。

「うるせぇ！」

俺は思わず叫んでいた。

これ、プールサイドとかで使うやつだから、耳をふさぎたくなるくらいうるさい。右手が使えないから音をシャットアウトできず、こういうとき手が自由にならない辛《つら》さを身に染《し》みて感じる。

ちなみにラブ協定というのは大良儀《おおらぎ》さんが勝手に言い出した言葉で、よくわからないが女の子と俺がいい感じになった場合、この協定違反となるようだ。

「〜〜〜〜」

黒羽《くろは》は複雑な表情をしている。怒りたい、でも怒りづらい。そんな雰囲気だ。

まあ、とにかくこれをやられると空気はぶち壊しだ。大良儀《おおらぎ》さんが介入してくると、いつもこんな感じで脱力する羽目になってしまう。

俺は話を戻した。

「クロ、結論って、ドキュメンタリーを撮るかどうか、か？」

「うん」

黒羽《くろは》も気を取り直したのか、真剣な表情に戻って頷《うなず》いた。

「ずっと迷ってたんだけど……実は今日、夢を見てさ」

「どんな？」

「母さんの夢。父さんのことをすげぇのろけてた。んで、これ何だか暗示みたいなものかなって」

「心を整理する？」

「そう。だから受けようかなって思ってる。もちろんマスコミに勝手にいじられるのは嫌だから、ドキュメンタリー撮るなら群青《ぐんじょう》同盟として、だけどな」

「……ハルがいいならいいと思う」

「お前、最初反対してなかったか？」

「それは流されてやったり、得があるからやったりするのは違うと思っていたから。ハルが真剣に心の整理をするつもりなら、反対できない。あとね、あたしも少し考えてみて、昔を思い出してみようかなって思ったの」

「昔って、いつごろのことだ？」

「それは……」

そのとき携帯が鳴った。朝っぱらから誰だろうと思って手に取ると、哲彦《てつひこ》だった。

「何だ、哲彦《てつひこ》？」

「くっそ、やりやがった……っ！　たぶんあいつのせいだ……っ！」

らしくない。こんなにわかりやすく冷静さを欠いているなんて、哲彦《てつひこ》じゃないみたいだ。

いつもなら表面上だけでもひょうひょうと見せるのに、今はまったく心の動揺を隠せていない。そしてそもそも〝あいつ〟とは誰なのか。意味不明だ。

「今、画像を送る。心を落ち着けて見ろ。これについては今日の部活で対策を練るし、部活前にオレから総一郎《そういちろう》さんに連絡を取っておく」

「何だかよくわからないんだが……」

「とにかく見ろ。電話切るぞ」

一方的に話をされ、一方的に切られた。

「何だあいつ……」

「哲彦《てつひこ》くんから？　何だって？」

「とにかく画像を見ろってさ」

話している間にホットラインの群青《ぐんじょう》同盟グループに一枚の画像が送られてきた。

どうやら新聞の広告を撮影したもののようだ。

画像を開くと、それが週刊誌の広告であることがわかる。

そして各種情報を眺め、その中の一文で目が留まった。

意味がわかった。〝あいつ〟もすぐに誰かわかった。

哲彦《てつひこ》が焦《あせ》るはずだ。俺も平静を失いそうだ。

「ハル……？」

俺の表情を見て異変を察知したのか、黒羽《くろは》が俺の肩に手を置いた。

画像の中の週刊誌の広告にはこう書かれていた。

『マルちゃん引退の真実！　隠された母の死！　こうして大人気子役はテレビから消えた！』

＊

部室は奇妙な沈黙と緊張感に包まれていた。

ただの沈黙とは違う。噴火寸前の火山のようなもので、全員が沈黙の下に怒りを覚えていることは語らずとも表情から知れた。

「まずオレから流れを語ったほうが良さそうだな」

司会としてホワイトボードの前に立つ、おそらく群青《ぐんじょう》同盟五人の中でもっとも冷静な人物——哲彦《てつひこ》がゆっくりと口を開いた。電話してきたときは哲彦《てつひこ》もかなり慌てていたが、部室に集まるまでに時間があったおかげで冷静さを取り戻したようだ。

でも俺はダメだった。心臓がバクバクいっているし、どうにも手先が震えて落ち着かない。怒りは強く感じている。しかし同時に恐怖も感じていた。

このスクープによりどういう世間の反応が返ってくるのか、まったく予測がつかなかった。数日で何事もなかったかのようになるかもしれない。逆に、マスコミが押しかけてきてあることないことほじくり返されるかもしれない。

どうなるかわからない——その恐怖が足元をおぼつかなくさせていた。

「末晴《すえはる》に送った画像はネットで見つけたものだ。某新聞の広告を撮影したものだな。というわけで、すでに掲示板では話題になっている。今、九時十分か。まだ勢いはたいしたことないが、書店が開き始めるころから中身次第では燃料投下されるかもな。問題の週刊誌に関しては現在、玲《れ》菜《な》に駅の売店へ買いに行かせている」

「テツ先輩、お待たせっス！」

と話しているうちに玲《れ》菜《な》が部室に飛び込んできた。

さっそくテーブルに広げてみんなで読んでみることにした。


『——〝チャイルド・キング〟の主人公役と母親役はマルちゃんとその母親……つまり実の親子がやっていたことを、どれだけの人間が知っているだろうか』

『——一話で主人公の母親が車にはねられて死ぬ。なんとマルちゃんの母親がこのときの撮影事故で死んでいることが関係者への聞き取りで判明した』

『——まさか人が死ぬシーンで、本当に人が死ぬ映像を使っていたとは驚愕《きょうがく》である。ドラマの制作に携わった関係者は人の心がないのか』

『——そのことを思えば、マルちゃんの熱演に涙を禁じえない。母親の夢を実現させるため、マルちゃんは心を殺してカメラの前に立っていたのだ』

『──マルちゃんの苦悩と精神的負担は想像を絶する。演技ができなくなったのも無理はないだろう。ここまで追い詰めた周囲の大人たちの非常識さには怒りを禁じえない。今すぐ全員マルちゃんの家に赴き、並んで土下座をしてはいかがだろうか』


俺は一通り読み終え、思わずため息をついた。

無意味なほど俺を褒めたたえ、親の仇《かたき》とばかりにスタッフを貶《おとし》めている。

心配していた予想がそのまま書いてあった、という印象だった。

「俺、スタッフの皆さんには、俺のわがままでドラマを完成してもらったって思ってるから、むしろ感謝してるんだけどな……」

俺を叩《たた》くのはまだいい。しかし苦労をかけたスタッフさんたちを叩《たた》くのは怒りを禁じえない。

「あとなんつーか、褒め殺しって気持ち悪いな。悪意しか感じねぇわ」

「オレから見ると、何でこの記事を出すのに末晴《すえはる》に話が通ってねぇんだよ、ってとこが致命的に終わってるよな。人が死んだ事件を暴《あば》いてきて、遺族の了承なしとかあり得ねぇだろ」

同感とばかりに黒羽《くろは》、白草《しろくさ》、真理愛《まりあ》が頷《うなず》いた。

「哲彦《てつひこ》、これってやっぱり──」

「断言はできねぇが、まああのクソ社長──ハーディ・瞬《しゅん》が裏にいるだろうな。CM勝負から十日程度……タイミングといい、内容といい、疑うなってほうが難しいよな」

「瞬《しゅん》さん……よくもまあやってくれましたね……。モモの警告を甘く見た報い、覚悟してもらいましょうか……」

いつもは余裕に満ちた笑みを浮かべている真理愛《まりあ》が頬を引きつらせている。声はかすかに震え、怒りを隠しきれていない。演技が達者な真理愛《まりあ》がそうなるなんて、怒りの強さがうかがい知れた。

「いや、真理愛《まりあ》ちゃんは動かないほうがいい」

哲彦《てつひこ》は真っ向から冷や水を浴びせた。

真理愛《まりあ》は目を吊《つ》り上《あ》げると、感情を爆発させた。

「どうしてですか……っ！　末晴《すえはる》お兄ちゃんにこれほどのことをされて、モモは黙っていられません……っ！」

俺は驚いていた。高校生になった真理愛《まりあ》が激高する姿、初めて見た気がする。

「オレ、真理愛《まりあ》ちゃんが介入するのを、あいつは罠《わな》を張って待っている気がするんだよなぁ……。オレたちは末晴《すえはる》のことをよく知ってるから、こういう書かれ方を嫌がるってわかるよな？　でも普通のやつにとっちゃ、末晴《すえはる》を擁護している記事にしか見えねぇよな？　末晴《すえはる》に了承取ってるかどうかなんて、記事を読むやつにとっちゃ興味ないし、知る余地もないしな。つまりこの記事は末晴《すえはる》の近くにいるやつに対してピンポイントで挑発し、精神的ダメージを与えようとしている。となると罠《わな》を張って待っているって考えるほうが自然だろ？」

「──っ！」

真理愛《まりあ》は絶句した。

「『善意に見せかけた悪意』ってやつだ。こういうのは厄介だぜ。真理愛《まりあ》ちゃんが前面に立って記事を取り下げさせようとすると、真理愛《まりあ》ちゃんは実は末晴《すえはる》を嫌っていて、末晴《すえはる》の汚名返上を邪魔しようとしている……と邪推するやつが出てきてもおかしくない。いや、あのクソ社長ならそういう話を捏造《ねつぞう》し、火をつけて回るくらいのこと、平気でしかねないってオレは思ってる」

それが哲彦《てつひこ》の言う『罠《わな》』か。

もし事実なら、俺に精神的ダメージを与え、真理愛《まりあ》のイメージを傷つけるのにも有効な策だ。

「おそらく探ってもあのクソ社長にたどりつけねぇだろうな。それこそ匿名で週刊誌に情報を送るだけでいい。裏を取ってみたらすぐ真実ってわかって、記事として採用──ってパターンってところか？　だからまっとうな路線で追っても無理だし、下手すりゃオレたちで火を広げてしまうことにもなりかねない。あいつらしい随分いやらしい手だと思うぜ」

「確かに……その危険はありますね……。すみません、ちょっと冷静さを欠いていたみたいです……。自分でその可能性が思い浮かばなかったのが悔しいですね……」

哲彦《てつひこ》は自身のこめかみを人差し指で小突いた。

「真理愛《まりあ》ちゃんがすぐに思いつかねぇのは無理ねぇよ。オレと真理愛《まりあ》ちゃんは〝発想が違う〟。

オレはさ、悪党だからよ——悪党のやり口がよくわかるんだよ」

異常な説得力に皆が絶句する。

哲彦《てつひこ》が味方で良かったと、この場にいる誰もが思ったのがわかった。

「哲彦《てつひこ》くん、それなら対抗策もすでにあるってわけ？」

黒羽《くろは》は落ち着いて見える。しかし冷静なのは表面だけで、鋭い目つきから、内面ではぐつぐつと煮えくり返っているのがうかがえた。

哲彦《てつひこ》はニヤリと小悪党っぽい笑みで応じた。

「もちろん。ちょっと意外な展開もあってな。末晴《すえはる》がOKなら的確な反撃を繰り出せる」

「俺か？」

「ああ、お前が了解しなけりゃその案はボツだ」

「その案とやら、聞かせてもらえるかしら？」

黒のニーハイソックスに覆われた長い脚を組み替え、白草《しろくさ》が尋ねる。

哲彦《てつひこ》は時折ホワイトボードに要点を書きつつ話し始めた。

「この前、オレたちで末晴《すえはる》の過去をドキュメンタリーにして撮るってアイデアと、〝チャイルド・キング〟の真エンディングを作るってアイデアをセットでテレビ局に持ち込むって話をしただろ？」

「お、そうだ。それ、どうなった？」

「ドキュメンタリーの放送については半年以上後なら可能性はゼロじゃないみたいだったが、基本的にダメだった。ま、それも当然で、番組編成を変えて、しかも素人《しろうと》が作ったドキュメンタリーを流すなんてありえないだろ？」

「そりゃそうだよなぁ」

提案するだけならタダだったから俺も反対はしなかったが、結果を聞けば当たり前だった。素人《しろうと》高校生が作ったドキュメンタリーをテレビが流すなんて、さすがにありえない。

「真エンディングのほうはドキュメンタリーより前向きな雰囲気だったが、やはりダメだった。内容自体は悪くないんだが、『どこでどのタイミングで流すか』が見つからなかったみたいだな」

「あー、そりゃそうか」

ありえるとしたら、〝チャイルド・キング〟の再放送があった際、その最後を差し替えるとか……？　うーん、アニメでそれに似た例はあったが、確か新作ゲームと連動していたはず。そう考えると、今更差し替えて話題になっても旨味《うまみ》はないし……もし作ったとしてもどこで使うかって難しいな。

白草《しろくさ》が口を開いた。

「でも、それで話は終わりじゃないんでしょう？」

「ああ。ドキュメンタリーはオレたちで制作するなら結局ＷｅＴｕｂｅの群青《ぐんじょう》チャンネルで公開するしかなさそうなんだが、実は真エンディングについては『とある有力企業』がやりたいと言ってきた」

「もったいぶんなよ。その『有力企業』ってどこだよ」

俺が尋ねると、哲彦《てつひこ》は実に楽しそうに口の端を吊《つ》り上《あ》げた。

「――コレクトジャパンテレビ。正式略称ＣＪＴ。一般的にはコレクト、悪口だとコレジャないテレビって言われてるところだな」

「「「!?」」」

俺たちは思わず息を呑《の》んだ。

コレクトジャパンテレビと言えば世界の動画配信サービスに対抗するため日本のテレビ局が集まって作った動画配信サイトの名前だ。ここに上がった動画は各種言語に翻訳され、世界百ヶ国以上に配信される。言わば日本のテレビ局が世界で戦うために作ったサイトであり、規模で言えば当然個々のテレビ局をしのぐ。

「コレクトは今、過去の名作を次々と翻訳し、配信コンテンツの充実化を図っている。その中の目玉タイトルに〝チャイルド・キング〟が入っていた。コレクト側としては加入者を増やすため、目玉や話題性は多いほうがいい。ネット配信なら放送枠って縛りもないしな。なので真エンディングの制作に出資するから、テレビ局と組んで最高のものを作って欲しいって総一郎《そういちろう》さんのところに話があったそうだ」

「あ〜、それならわかる」

話を聞く限り、テレビ局もアイデア自体は面白いと感じていたようだ。でも『適する枠がない』という問題が致命的だった。

枠というのは重要だ。映画なら二時間前後、テレビでもドラマなら一時間が基本的な枠だ。これに納まらなければ名作と言われたシナリオさえ変える必要がある。

しかしネット配信は――『そもそも枠の概念がない』。

哲彦《てつひこ》は指を鳴らした。

「――で、結論。対抗策として、オレたちはできるだけ早くドキュメンタリーを公開して『真実はこうだ』とはっきり世間に訴える。そしてコレクトと組んで真エンディングを作る代わりに、オレたちが作るドキュメンタリーを広めてもらう。週刊誌のほうを悪者にするんだ。もちろんドキュメンタリーが公開されるまで変な盛り上がり方をしないようにネットやテレビを抑えてもらうし、週刊誌側に謝罪させることにも協力してもらうつもりだ。まあ多少報酬面で譲ることになるだろうが、向こうだって末晴《すえはる》が傷ついて真エンディングがなしになるくらいなら手伝ってくれるだろ。これであのクソ社長の悪巧みはおしまいだ」

真理愛《まりあ》が腕を組んで頷《うなず》いた。

「なるほど……。巨大企業が味方になるっていうのは、凄《すさ》まじいインパクトと強みがあると思います……。モモとしても異論はないですね。総一郎《そういちろう》さんがいくら大企業の社長で事務所の代わりをやってくれているといっても、専門ではありません。エンターテインメントに強い企業のバック……最初はテレビ局に期待していたのですが、コレクトジャパンテレビなら文句ありません」

「なるほどな。だから俺の許可が必要ってことか」

コレクトジャパンテレビへの交換条件は俺の真エンディングへの出演。当然俺が嫌と言えばできない。また俺の過去のドキュメンタリーを公開することも、最初から哲彦《てつひこ》は俺の許可がなければやるつもりはないと明言している。

そもそも、この週刊誌報道について俺が『別にどうでもいい』と言えば対抗処置なんていらない。それで終わる話なのだ。

しかし俺がこの報道に怒り、悲しんでいることをみんな理解しているからこそ提案してくれている。

俺は深呼吸をして、席から立ち上がった。

「――みんな、力を貸してくれ」

俺ははっきりとそう告げた。協力を求める以上、それが礼儀だと思ったから。

「母さんが死んで、引退同然だったのは事実だ。でもさ、触れられたくない過去ってあるよな？　自分から言うならともかく、他人が好き勝手言うことが無性にムカつく案件ってないか？　俺にとって――まさにこいつがそれだ」

思わず手に力が入る。握りこぶしを作り、俺は続けた。

「別に俺は、バカやって笑われるのはいいんだよ！　自業自得《じごうじとく》だし、覚悟しているからよ！　でもさ、他人が勝手に俺の過去を悲劇だとあげつらい、俺が感謝している人たちをバカにして金を儲《もう》けようっていう——その〝性根〟だけはどうしても気に入らねぇ！　俺のことを記事にするなら、せめて俺に了解取れよって思うんだよ！　違うか⁉」

哲彦《てつひこ》、黒羽《くろは》、白草《しろくさ》、真理愛《まりあ》、玲菜《れな》——全員が無言で頷《うなず》いた。

「じゃあ、やるんだな……末晴《すえはる》」

「おおよ、哲彦《てつひこ》！」

俺は親指を立てると、くいっと逆さまに向けた。


「——ぶっ潰してやる！」


哲彦《てつひこ》は再び小悪党の笑みを浮かべると、キリをつけるために一度強く手を叩《たた》いた。

「よしっ、じゃあこれから対策会議だ。役割決めるぞ」

「そうね、まずは全体構成とスケジュールね」

「任せて。ある程度の構想はすでに持っているわ」

「モモの人脈を活用してください。容赦なしで行きますよ」

俺たちは慌ただしく動き始めた。

ハーディ・瞬《しゅん》が裏で糸を引き、俺にダメージを与えようとしているのなら――直接言ってやりたい。

群青《ぐんじょう》同盟を、俺の仲間たちを舐《な》めるな――と。

＊

哲彦《てつひこ》がすでに方針を練っていたため、ここで決める必要があったのはドキュメンタリーの制作方法だった。

そして意外にも、それはあっという間に決まった。

「ハル、あたしたち三人がそれぞれハルの思い出の場所に連れて行くから、そこで当時のことを思い出しつつ話を聞かせて。それを一本にまとめてドキュメンタリーにするってどうかな」

「思い出の場所って……？」

「一番手は私。スーちゃんには私の家に来てもらうわ」

そう言うと、すかさず真理愛《まりあ》が間に入った。

「二番手はモモです。場所は――秘密です☆」

「最後にあたし。あたしも場所は秘密って言っておこうかな。懐《なつ》かしい場所ってことだけは確かよ」

この手際《てぎわ》の良さ、どうやらすでに三人で話し合って決めていたのだろう。

ここまで完璧に用意されているとちょっと違和感がある。もちろんダメではないのだが、いきなり左右から腕を摑《つか》まれて、行き先を案内されないまま高級車に乗せられているような――そんな気持ち悪さだ。

まあでも気にするほどでもないか。黒羽《くろは》たちのことだから、あらかじめ俺の心労をなるべく減らすべく話し合っておいてくれたのだろう。

「哲彦《てつひこ》、いいのか？」

「ま、いいだろ。今回のドキュメンタリーって、お前から適切な情報をいかに引き出すかって話だからよ。カメラは志田《しだ》ちゃんたちが回すってことでいいのか？」

「うん、それで」

「おいおい、クロたちはカメラの扱い素人《しろうと》だろ？　いいのか？」

哲彦《てつひこ》は何でもないことのように言った。

「いい内容を引き出せれば、アングルが悪くても撮り直せばいいだけだから気にすんな」

「……あー、そうか。どんな内容を公開するかのほうがずっと大事だもんな」

別に語る場所なんて今いる部室でもいいのだ。

黒羽《くろは》たちが俺を思い出の場所へ誘《いざな》うのは、より鮮明に当時のことを思い出し、俺の中に眠る気持ちを正確に掘り起こそうという意図があるためだろう。ならば彼女たちを信じ、身をゆだねることが正解なんじゃないだろうか。

「哲彦《てつひこ》、いつから撮り始めようか？」

「できるだけ早いほうがいい。一度世間に情報が漏れた状態だ。情報は時間が経《た》つほど尾ひれがついて変質する。だからお前はとにかくドキュメンタリーを最速で撮ってこい。〝チャイルド・キング〟の真エンディングも後回しだな。交渉全般は任せろ。その間、オレがなるべくマスコミを抑えておいてやる。ドキュメンタリーの編集作業の業者も手配しておくから、撮れた映像はすぐにオレに渡してくれ」

「わかった。その他のこともスケジュールがわかり次第教えてくれ」

哲彦《てつひこ》は頭を掻《か》いた。

「ったく、この前の沖縄《おきなわ》のＰＶの編集もできてねぇのにやってくれるぜ」

「じゃあさっそく今日の午後、うちに来てくれる？　スーちゃん」

文句のない俺は頷《うなず》いて応じた。

そういうことなら――と哲彦《てつひこ》が群青《ぐんじょう》同盟備品のカメラを白草《しろくさ》に手渡す。

ふと黒羽《くろは》、白草《しろくさ》、真理愛《まりあ》の三人が目でやり取りしているのが見て取れた。

何だ、今のやり取り？

そういやこの三人、ドキュメンタリーの作り方、すでに決めていたよな……。

どんな話し合いをしているのか気になったが、ひとまずは今日の撮影のことだけを考えることにした。

＊

浅黄《あさぎ》さんが買ってきてくれたハンバーガーで昼食を取った後、私は車を手配し、スーちゃんと二人で世田谷《せたがや》にある自宅へ向かっていた。

後部座席に一緒に座るスーちゃんは、少し緊張しているようだった。一度は封印していた過去を巡る旅なので、緊張しないはずはないだろう。

静寂の中、私はスーちゃんと出会うまでのことを思い出していた。

……

…………

…………

スーちゃんと出会うまでの私は、他人より秀《ひい》でたものが何もない、ただ臆病なだけの女の子だった。

生まれたときに母を亡《な》くし、父は社長をしていて食事すら一緒にできない。お世話をしてくれる人は数多くいるけれど、心を通わせることのできる人はおらず、大きな屋敷で私は孤独だった。

学校でも私は孤立した。

元々病弱で、学校は休みがち。そのせいで友達を作るタイミングを逃してしまっていた。しかも不器用で、お嬢様育ちの世間知らず。たまに話しかけてくれる子がいても話題やテンポが合わず、そのせいで私は本を読むことにのめり込み、より孤独になっていく悪循環。

そんな孤独の中で小学四年生になり、私は初めて友達ができた。

彼女の名前を、大良儀紫苑《おおらぎしおん》と言った。

弱虫の私と違ってシオンは気に入らないことがあれば平気で言う。

だから——男の子にからかわれて泣きそうになっていた私をかばってくれた。

『おい、可知《かち》のやつ、また本読んでるぜ！』

『いやっ！　本を返して！』

小学四年生のクラスになってから、クラスのリーダー的男の子が私にいたずらをしてきていた。そんなときシオンは堂々と間に入ってくれたのだ。

『何をやっているんですか！　天才的なわたしの目を欺くことはできませんよ？　何も悪いことをしていない人をいじめるなんて、恥を知らないのですか？　滅茶苦茶《めちゃくちゃ》カッコ悪いんですけど？　くすくす、もし次に同じことをしたらすぐに先生を呼んできますから、覚悟しておいてくださいね～』

これがきっかけで話すようになり、シオンは私の初めての友達となった。

シオンは私に少し境遇が似ていた。


――母親がいなかったのだ。


ただ、生まれたときに死んだ私の母と違って、シオンの母は離婚したせいでいなかった。

仲良くなるうちに様々な話をするようになった。そんな折、シオンはポロっと言った。

『――わたしのお母さんは、最っっ低の人間なんです』

人の良《い》い父親に惚《ほ》れられたのをいいことにわがまま放題。しまいには多額の借金をしたあげく、男を作って逃げたという。正直、小学生の身の上話としてはとても重い内容だった。

シオンは優しい父親のことが大好きだったが、母親のわがままを許していたことだけは心底嘆いていた。おかげでシオンは恋愛に強い嫌悪感《けんおかん》を持ち、『合理的な生き方』を目指していた。

シオンの『合理的な生き方』とは、安定した公務員になり、適度な趣味を持ち、結婚することもなく、好きなように生きたい、というものだ。漠然としているものの、経済的な不安もなく楽しく慎《つつ》ましく生きていきたいという考え方は、十分に共感できた。

シオンのおかげで学校生活は平穏で楽しいものとなったが、夏過ぎから突然シオンの休みが増えた。

当時は知らなかったが、実のところシオンの父親が重い病気にかかったためだった。

シオンの休みが増えたことで私の状況は変わった。守ってくれる人がいなくなったのだ。

私は以前から目をつけられていたクラスのリーダー的男の子に、シオンが不在のときを狙ってまたちょっかいをかけられるようになった。物を隠されたり、いたずらされたり。でもみんな笑うだけで助けてはくれない。

私は辛《つら》くて、悲しくて、かといって忙しい父に迷惑をかけたくないから誰にも相談することもできず――

その果てに、ある日プツンと糸が切れたかのようになって、ベッドから出られなくなった。

部屋の外に出ることが怖かった。学校が悪魔の棲《す》む場所のように思えた。

さすがに異変を感じたのだろう。それから父は何かと私を気にかけてくれて、私は父と触れ合う時間が増えた。

でも心の傷はなかなか癒えない。外は怖いままだ。

そんなとき、父とドラマを見ていて、私は――夢中になった。

『ううぅ、やだやだ……。何で俺ばっかりこんな目に遭うんだよ……』

ドラマの中で主人公の少年はすぐに心が折れそうになる。その弱々しい心に私は共感した。

でも――主人公の少年と私では、決定的に違うところがあった。

『ちくしょう！　負けるもんか！　絶対お母さんを見つけるんだ！』

少年はたくましかった。へこんでも、挫《くじ》けても、すぐに立ち直り、そのたびに強くなっていった。

演技とわかっていた。それでも私は、主人公の少年に強い憧れを抱いた。

そして——運命の日がやってきた。


…………

…………

……


私は自宅に着いてまず、スーちゃんには客間で待っていてもらいつつ、自室へ駆け込んだ。

スーちゃん人形など、見せられないものをちゃんと隠してあるか最終チェックをするためだ。

掃除はいつもお手伝いさんがしてくれるからよし。問題のブツもちゃんと隠してある。

ということで準備万端となり、私はスーちゃんを自室へ案内した。

そしてカメラの録画ボタンを押し、私はスーちゃんにカメラを向けつつ話し始めた。

「スーちゃん、覚えてる？　この部屋で私とスーちゃんは初めて会ったよね」

「ああ、思い出してきた……」

スーちゃんは部屋を見回しつつ、嘆息した。

「あのころはこんなに女の子っぽい部屋じゃなかったよな？　確か本で埋まっていたような……」

「あのころの私は、それが一番安らいだの。図書館の中に住んでいるみたいで」

「髪もボサボサだったし。特に前髪長くしてて目が隠れていたよな」

「もう、そのことは言わないで！　あれはね、人と目を合わせるのが怖かったの。だから何か遮蔽物が欲しくて」

「それが前髪だったってわけか」

「そう」

「それ考えると、当時と今のシロは違いすぎて、言われなきゃわかるはずないって。一人称だって当時は『僕』だっただろ？」

「あれは男の子にまつ毛が長いとか目が大きいとか言われていじめられていたから、自分を守るためにそういう一人称にしていたのであって……」

「それってたぶんシロのこと……あぁ、小学生の男子だもんな……」

スーちゃんが妙にしみじみとつぶやいたが、私はよく意味がわからなかった。

「一人称まで違うんだしさ、シロは気づいてもらえないのが悲しかったって言ってたけど、さすがに厳しくないか？」

スーちゃんの言うことは正論だ。しかし心は違う結論を導き出した。

「それでも気がついて欲しかったのっ」

「あはは、そうだよな。うん、悪い。これ以上言い訳するともっと怒られそうだからやめておくわ」

スーちゃんは気取らない笑みを見せてくれる。『覚えておいて欲しかった』なんていうのはただのわがままなのに、私を責めなかった。そういうおおらかさが私は好きだ。

私はスーちゃんに椅子を勧めた。小型のテーブルを挟んで逆側にもう一つ椅子があり、私はそこに座って向かい合わせとなる。

何となく不思議な光景だった。

私はいつもこの小型テーブルで勉強したり、ノートパソコンを置いて執筆したりしている。そんな日常的な場所に、高校生になったスーちゃんが座っている。それだけで何だか頭がくらくらしてきた。

「ちょっとカメラを固定するわ」

我ながら情けないことに話しながら撮影していると、手振れがひどいことが自覚できた。なのでカメラを固定し、インタビューのように話に専念するのが一番だと考えた。

「……よし、いいわ」

「あのさ、シロ。何か三人が順番に俺を連れ出すみたいな話だけど、何か意図はあるのか？」

私は頷《うなず》いた。

「彼女たちが場所を言わなかったからわかりにくかったと思うけど、単純なことよ。私はスーちゃんの子役時代に考えていたことやそのときの気持ちを聞くつもり。私のところに来ていたとき、スーちゃんは全盛期だったでしょ？」

『『チャイルド・スター』以後だから、そう言っても問題ないだろうな」

「次の桃坂《ももさか》さんがお母さんの事故前後、そして志田《しだ》さんが事故後の担当よ。その分担がそれぞれの思い出と一番密接にかかわっていると思って。おかしかったかしら？」

「いや、あいかわらず正しい分析だと思うぜ。しかし手際《てぎわ》がいいよなぁ。さすが芥見《あくたみ》賞《しょう》作家」

「すべてスーちゃんのおかげよ」

私は遠き日の思い出を頭に描きつつ語る。

「あのころの私は、本当に無力だったの。ただ本が好きなだけの頭でっかちな女の子で、自信なし、社交性なしのないないづくし。でもスーちゃんはそんな私を褒めてくれたわ。覚えてる？」

「……確か知識量についてじゃなかったっけ？」

「そう！」

私は嬉《うれ》しくてついテンション高く返事をしてしまった。

「私の話をたくさん聞いてくれて、『よくそんなこと知ってるな～』って言ってくれたの。あれって私を励ますためだったの？」

「いや、別に。シロはホントに凄《すご》い知識量だったから、素直に褒めただけだって。当時の俺、今よりもっと何も考えてなかったぞ？」

「その辺、詳しく聞かせて。『チャイルド・スター』が大ヒットしたでしょ？　そのとき仕事では何を考えてた？」

スーちゃんは腕を組み、天井を見上げた。

「ぶっちゃけ何も変わらなかったというか……母親と一緒にそのときそのときの役を一生懸命にやってただけだな。もちろん『チャイルド・スター』は地上波ドラマの主役ってことで、俺にとっては一番大きな仕事だったたし、凄《すご》くやりがいがあるなって思ってたけど」

「プレッシャーはなかったの？」

「それより嬉《うれ》しかったなぁ」

「何が？」

「目立てるの」

あまりに率直な言葉に、思わず私は少し吹き出してしまった。

「だってさ、人の演技見るのは嫌いじゃないけど、端役《はやく》の現場って暇だったし。どうせ演技するならやっぱり出番が多くて、しかもワクワクするような役でカメラ向けられたいじゃん？」

「さすがスーちゃん……。私は正直、カメラを向けられることが苦手だから……」

「まあ人それぞれだよな、それは。俺は他に取り得がなかったから、目立てるの嬉《うれ》しかったし、ヒーローになったみたいで気分良かったたし、たくさんの人に見られるほど力が湧いてきたなぁ」

私はドキュメンタリーということを意識し、意図的に話の矛先を変えた。

「そう感じられるのは凄《すご》い才能だと思うけれど……『他に取り得がなかった』という発言をもう少し詳しく教えてもらっていいかしら？　例えば学校ではどうだったの？」

「取り得がないってのはマジでそのままの意味で、俺、学校で運動も勉強も目立つほどじゃなかったし。注目を浴びられたのは演技だけだったって話」

「ダンスは得意じゃなかったの？」

「あ、そっか。ダンスは得意だったかな。あー、でも張り切って踊ってたら、周囲と合わないと言われたり、自慢してんのかと絡《から》まれたり、なんか学校でダンスってあんまいい思い出ないな」

「ちょっと意外……。スーちゃんって、学校でもスターだと思ってたわ……」

本当にスーちゃんの人気は凄《すご》かった。日本国民の九割くらいが知っていたんじゃないだろうかというレベル。なのに学校ではたいしたことなかったなんて、にわかには信じがたい。

「んー、もうちょい正確に言うと、さっきの話は『チャイルド・スター』以前のこと。それまでは周りからは『よくわからないけど劇団に所属してるやつ』くらいに見られていただけなんだ。ほら、あるだろ？　あいつってサッカーで結構有名らしいよ、とか、実は書道がめっちゃうまいらしいよ、とか。ちょっと話題になるけど、実際に自分の目で見たことないし、興味ないから探ったりもしない。そういう感じ」

「なるほど……」

確かに自分に照らし合わせても、小説家デビューしたばかりのころは『高校生なのに小説家デビューしているらしい』ぐらいの認識で、会話のきっかけにされることはあっても、本当に作品に興味を持って話しかけてくるという人はほとんどいなかった。周囲から圧倒的に注目されたのはやはり芥見《あくたみ》賞《しょう》を取ってからで、見知らぬ人から『本を読んだよ！』と話しかけられるようになったのも芥見《あくたみ》賞《しょう》以後のことだ。それまでは私の作品を読んでみようというところまで興味が湧かなかったのだろう。

「『チャイルド・スター』以後は？」

「まず学校に行ける日自体が物凄《ものすご》く減った。週に一、二回程度。それと変な絡《から》まれ方《かた》をされるようになった。見知らぬやつがいきなり押しかけてきて友達面《ともだちづら》するし。逆に仲が良かったやつはよそよそしくなるし。まったく変わらなかったのは、クロだけだったな」

「…………」

志田《しだ》さんの名前を聞いて、私の血圧が上がる。

嫉妬と、恐怖と、焦《あせ》りと。あらゆる感情が混ざり合い、鼓動が跳ね上がる。

「学校で俺のファンだって言うやつも出てきたんだけどさ。俺は変わってないのに突然の手の平返しだろ？　何だかよくわからんなぁという印象だった」

「それじゃ、私のことも迷惑だった……？」

「そんなことはなかったぞ」

スーちゃんは何でもないことのように言った。

「シロはちゃんとドラマ見てくれていたし、面白い話もたくさんしてくれたし。ミーハーじゃなくて、俺と対等に会話をしてくれようとしていただろ？　当時、学校でも仕事でも妙に祭り上げられていたからさ。同じ目線で話せる同年代って、クロとモモくらいだったし」

桃坂《ももさか》さんの名前が出てきて、ドキリとした。

やはり彼女もスーちゃんの心に強く残っている。その事実が嫉妬心を湧き上がらせた。

「だからシロの存在って当時の俺にとって貴重だったし、シロが物語を書くと言ってくれたとき、本当に嬉《うれ》しかった。真剣にシロの書いた作品で演じてみたいと思った。それが六年後、CM勝負で実現するとは思ってなかったけどな」

じわり、と胸に温かいものが広がる。私の想《おも》いをちゃんと受け止めてくれている。そのことが何よりも嬉《うれ》しかった。

「スーちゃんはさ〝物語の神様〟って知ってる？」

「……何だっけ？」

「じゃあもう一つだけヒント。私を家の外に連れ出そうとしたとき、覚えてる？」

「あっ――」

スーちゃんは目を見開き、固まった。

「思い出した……っ！　そうか、〝物語の神様〟って、俺が言い出したやつだ……っ！」

「やっと思い出した？」

私は口を尖《とが》らせ、少しだけすねた口調で言った。

だって、全然思い出してくれないんだから。少しくらいすねたって罰は当たらないはずだ。

「わ、悪い！　とっさに出てきた言葉だからさ——」

「うん、わかってる。後から調べてみたら、全然そんな神様いなくて驚いちゃった」

あの日——スーちゃんと出会って何回目かで、かなり仲良くなってきたころのこと。

スーちゃんが突然出かけようと言い出した。これには一応理由があり、スーちゃんが撮影の際に東京タワーにのぼり、そこからの景色が最高だったという話をしてくれた。『僕も見たいけど……』と言ったら、『よしっ、時間あるから今から行こうぜ！』みたいな話になってしまったのだ。

私はパニックだ。部屋すら出られないのに、東京タワーなんて魔境としか思えない。

それでも行こう行こうと手を引くスーちゃんの強引さに負け、部屋を出るところまでは意外とすんなり行けた。

しかし——家の外は別だった。

スーちゃんに家政婦さんたちに見つからずに外へ出る方法を聞かれ、裏の勝手口を案内したが、その扉を開けたところで私はへたりこんでしまった。

怖くなってしまって私は泣き出す。スーちゃんはオロオロする。私は憧れのスーちゃんにそんな顔をさせてしまった自分が情けなくなり、さらに泣けてしまう。

　そんな悪循環の中で、スーちゃんは突然こんな話をし出したのだ。

『シロー、実は撮影現場には〝物語の神様〟ってのがいてな。すごく気まぐれで、たまにめっちゃいいアドリブをさせてくれるんだけど、基本的にいじわるな神様でさ。リテイク地獄に落として役者を悩ます、恐ろしい神様なんだ……』

『へっ⁉』

『でも、努力している人には応えてくれる、優しい神様なんだ。だから俺はできないときでも、とりあえず前向きに頑張るんだ。まあダメだったらダメでしょうがないって感じでさ。まずは頑張ってみる』

『スーちゃんでも失敗するの？』

『当たり前だろ！　俺、主役だからさ、物凄《ものすご》くプレッシャーかかるんだって！　リテイク連発するとさ、うわーって感じで呆《あき》れられるし！　でもとにかくやってみるしかないんだよな。もちろんダメだったときの反省を生かして、ちょっとずつやり方変えてみたりして。だからさ、シローもちょっと挑戦、してみないか？』

　私は本当に驚いた。だって私にとって、スーちゃんはスーパーマンだったから。

　だとしたら私はどれだけ頑張ってないんだろうって思った。

スーちゃんほどの才能があるスーパーマンでもダメなことはたくさんあって、それでも諦めずに頑張っている。何の取り得もない私がスーちゃんと並び立つには、スーちゃんの何倍も頑張らなきゃダメじゃないか。

そんな当たり前のことに、このとき私は初めて気がついた。

だから私は、家の外が怖くて怖くて仕方がなかったけれど──スーちゃんの握ってくれた手が温かかったから。その温《ぬく》もりを勇気に変えて頷《うなず》いた。

『──挑戦してみる。スーちゃん、僕を東京タワーに連れて行って』

その瞬間から世界が変わった。

恐ろしかった世界は急に輝きだし、引かれた手の力強さがトキメキを生み出した。

私はまるで物語で読んだ駆け落ちのようだと思った。

囚《とら》われていたわけではなかったけれど、ずっと出られなかった家から憧れの男の子がこっそり手を引いて連れ出してくれた。彼に付いて行けばどこへだって行ける気がした。このままずっとどこまでも行きたかった。世界の果てまでだって行ける気がした。

でも終わりはあっけなく来た。駅で人に囲まれてしまったのだ。

『チャイルド・スター』以後、スーちゃんはとてつもなく有名になっていた。スーちゃん自身は車での移動が基本だったので、路上で囲まれる経験などなかったらしく、まあ大丈夫かと思っていたという。

そうして私の駆け落ちは五分程度で終わりを告げた。

しかしあの五分は私の人生の中でもっともドキドキした時間だった。

誰がどう言おうと、あれは駆け落ちだった。

そしてあの五分で、私は生まれ変わった。

もっとドキドキしたくて。スーちゃんとあの時間の続きを味わいたくて。憧れだけでは終われなくて。それで、私は——

「この世にスーちゃんがいてくれてよかった」

私は素直な思いを口にしていた。

「スーちゃんは当時と今の自分を比較して、プレッシャーに感じているのかもしれない。それはしょうがないと思うし、否定するつもりはないわ。でもね、スーちゃんは当時、確かに一人の女の子の心を救い、立ち直らせた。この事実は変わらない。そのことだけは覚えておいて欲しいなって思うわ」

「シロ……」

私にとって、スーちゃんは勇気の源だった。スーちゃんがいるから、私は強くなれるし努力できる。感謝の言葉はもはや見当たらない。ただただ一途《いちず》に想《おも》うことしかできない。

怖くて、恐ろしくて。

臆病な私は告白をできないけれど。

それでも信じている。

スーちゃんから告白される日を。そして二人で歩む輝かしい未来を。

＊

俺は白草《しろくさ》の家での撮影が終わった後、東京タワーへ行かないかと誘った。白草《しろくさ》が行きたいとせがんでいるように感じたのだ。

白草《しろくさ》の喜びようはすさまじかった。着替えなきゃ！　と言い出し、三十分待たされた後に出てきた白草《しろくさ》はちょっと大人びていた。

薄茶色のニットのワンピースに黒のレギンスという格好で、ゆったりとしたミモレ丈が大人の余裕みたいなものを感じさせる。

「今度は見つからないように……ね」

そう言って白草《しろくさ》は帽子とサングラスを渡してきた。

俺と白草《しろくさ》、どちらのほうが知名度があるかはわからないが、動画が百万回以上再生されたり、CM勝負がそれなりに注目されたりしたくらいだからそこそこ顔は知れ渡っているはずだ。用心するほうがいいだろう。

そうして六年ぶりの……デート？　と言っていいのだろうか。

俺たちは電車に乗り、東京タワーへ向かった。

白草《しろくさ》はいつも俺と一定の距離を置く。黒羽《くろは》はいつの間にやら近くにいるし、真理愛《まりあ》は近くどころかベタベタと触れてくるレベルなのだが、白草《しろくさ》は理性的なためか、まだ心理的距離があるからか、半歩の距離を崩さない。

でも白草《しろくさ》とはその距離感が逆に心地よい。

近すぎることもなく、遠すぎることもない。離れてしまわないよう逐一確認し、そのたびに目が合ってしまい、互いに視線を伏せてしまう。何だか照れくさい。

話す言葉もあまりない。何だか緊張してしまって、舌が乾いてしまう。それでもやはり心地よかった。

そんな感じで俺たちはたどたどしい様子のまま東京タワーへたどり着き、展望台からの風景を見て、何枚か記念撮影した。

それで終わり。特別なことなんて何もない。

でもそれが良かった。それで十分だった。

頭がふわふわして、何だか夢の中にいるようなひとときだった。

「――お帰りなさいませ」

そんな夢も俺の家の玄関で待ち構えていたメイド服の大良儀《おおらぎ》さんの顔を見て、一瞬で覚めた。

大良儀《おおらぎ》さんが白草《しろくさ》に笑顔で話しかける。

「楽しそうですね、シロちゃん。いいことでもありましたか？」

「……うんっ！　あ、夕飯用の材料を買ってきたからさっそく作り始めるわ！」

白草《しろくさ》がスーパーの袋を持ってキッチンへ向かっていく。

残された俺は大良儀《おおらぎ》さんと目が合った。

瞬間、いつもの寝ぼけ眼に殺意が宿る。

大良儀《おおらぎ》さんはくいっとあごを二階へ向けた。声には出していないが、『ちょっとこっちへ来てください、この愚図野郎がよォ！』という幻聴が聞こえた。

気が重くなったが、自宅では逃げ場がない。やむなく俺は二階へ付いて行った。

「……シロちゃんに何をしたんですか？」

二階の廊下の奥で俺たちは向かい合う。

大良儀《おおらぎ》さんは鼻息を荒くし、犯罪者と言わんばかりににらみつけてくる。

「特別なことしてないって。シロの家でドキュメンタリーの撮影をして、その後東京タワーに連れて行ったんだ。思い出話をしていたら、昔、行けなかったことを思い出して」

「東京タワー……そうですか」

尋常ではない怒りのオーラを感じた。

大良儀《おおらぎ》さんは奥歯を嚙《か》みしめると、指関節をゴキッゴキッと鳴らした。

「それ、自慢ですか？」

　――と、冷めた口調で言ったと同時に彼女の右手が俺の首を襲った。

「うっ――」

　一応、絞めてはいない。しかしいつでも絞められる状態だ。

　たぶん本気で外そうと思えば外せる。ただ右手がギプスの現在、力加減が難しく、怪我《けが》をさせてしまうかもしれない。

「気に入らない……本当に気に入らないです……っ！　ポッと出のくせに、シロちゃんの憧れの人なんていう特別なポジションになっているなんて……っ！」

　少しずつ首にかかった右手が絞められていく。

「あんなに純粋で可愛《かわい》い子、他にいないじゃないですか……っ！　だからわたしが守ってきたのに……わたしが立ち直らせる役目だったのに……っ！」

　あっ――

　俺、大きな勘違いをしていたのかもしれない。

　大良儀《おおらぎ》さんはずっとお目付け役だと思っていた。メイド服を着ていたから、どうしても白草《しろくさ》の家の『問題があるけれど忠実な使用人』っていう印象が強かった。

　でもこの子は――『白草《しろくさ》の幼なじみ』であり、『番人』だったのだ。しかもずっと白草《しろくさ》を見守り、助けてきた自負が大良儀《おおらぎ》さんにはある。

　俺を嫌っていたのは、男性が嫌いというだけでなく、自分自身がやるべき役目を俺に取られ、あまつさえ俺が特別な位置にいるからだったのか……？

「本当に……？　本当にシロちゃんに変なことしてないんでしょうね……？」

完全に殺す気でにらんできてる……。

俺は逃れるために携帯を掲げた。

「証拠写真、ここにあるから。……ほら」

急いで東京タワーで撮影した白草《しろくさ》の画像を見せる。展望台をバックに、最高の笑顔を見せる白草《しろくさ》が写っている。

大良儀《おおらぎ》さんは目を見開くと、俺の携帯を奪い取り、舐《な》めまわさんかという勢いで画像にかぶりついた。

「かっ、かっ、かわいいぃぃぃぃぃぃぃっっっ！」

「…………ん？」

あれ、大良儀《おおらぎ》さんって、こんなリアクションする子だったたっけ……？

「あ〜っ、もうシロちゃん可愛《かわい》すぎぃっ！　どこのお嬢様っ？　うちのお嬢様だよっ！　ううう、可愛《かわい》すぎて怖い……これは世界取れる……」

なるほど。大良儀《おおらぎ》さんはこれほど白草《しろくさ》を溺愛していたのか……。

これは貴重な情報だ。なぜなら大良儀《おおらぎ》さんは弱点だらけのように見えて、その実、弱点がなかったからだ。

俺が大良儀《おおらぎ》さんを攻めても、彼女はまったく気にしなかった。

『おバカさんが何か言ってますけど～？　くすくす』

みたいな感じで完全にスルーされてしまうのだ。

しかし『好き』は『弱点』にもなる。

俺はニヤリと笑った。

「大良儀《おおらぎ》さん、俺と取り引きしないか？」

不穏な空気を感じ取ったのだろう。

大良儀《おおらぎ》さんはのけぞった。

「と、取り引き……っ⁉　い、言っておきますが、おバカさんとの取り引きに応じるつもりはありません！」

「さてここに可愛《かわい》い可愛《かわい》いシロのオフショット写真があります。生まれて初めて東京タワーに行ったシロが見せた、最高の笑顔です」

「ごくり」

大良儀《おおらぎ》さんは唾を飲み込んだ。

「俺は平穏な生活がしたいだけなんだよなぁ……。こう、いつもひどいこと言われたり、邪魔されたりしちゃ、心が落ち着かないしさぁ……。明日はモモ、明後日《あさって》はクロが泊まりに来ることになってるけどさ、君はずっとお目付け役として居残りじゃん？　だからもう少し態度を改めて欲しいんだよなぁ……。ぶっちゃけさぁ、この画像を渡す代わりに、もう少し友好的に接してくれないかなぁ～？　なぁ、紫苑《しおん》ちゃんよぉ～」

「くっ、こ、この悪党！　天才のわたしは卑怯《ひきょう》な取り引きには応じません！　それと名前で呼ぶのはやめてください！」

「別にいいじゃんよ～？　可愛《かわい》い名前だし～？」

「き、気持ち悪いです！　最っっ低！　死んでください！」

「へ～、そういう態度取るんだ～。なら写真いらないんだ～。さっきチラッと見たからわかってると思うけど、至高の一枚なんだよね～。今なら別の場所で撮ったのも渡してもいいんだけどな～。そういう態度取るなら見せられないし、当然あげられないよな～」

「ごくり」

やべっ、めっちゃ楽しいんだけど！　変な性癖に目覚めてしまいそうだ！

あれだけ上から目線で俺をなじってきた紫苑《しおん》ちゃんが眉間に皺《しわ》を寄せ、奥歯を噛《か》みしめ、俺から露骨に視線を逸《そ》らしている。

俺は優越感に浸りつつ、威圧的に見下ろしてやった。

「紫苑《しおん》ちゃん、返事は？」

「くっ、くぅぅぅっ！」

目尻に涙を溜《た》めて散々悩んだ後、身体《からだ》をモジモジさせつつ紫苑《しおん》ちゃんはつぶやいた。

「欲しい、です……」

「んん〜？　聞こえないな〜？」

「欲しいって言ってるんですよ、このゴミクズ野郎！　扱いを人間並みにしてあげますからありがたいと思いなさい！　このシロちゃんの周りを飛び回るハエ男！」

「ＯＫＯＫ。俺は約束を守る男だ。対等な人間として扱ってくれるなら、快く渡そう」

紫苑《しおん》ちゃんは涙目になりながら『シロちゃんの画像以外送ってきたら殺します』と言いつつ、ホットラインのアドレスを送ってきた。

もう少し引っ張ることもできたが、俺は素直に画像を送ってあげた。メイドをしつけるご主人様の気分になれて正直滅茶苦茶《めちゃくちゃ》楽しいのだが、あまりいい趣味ではないだろうからこのぐらいにしておこうと思ったのだった。

「じゃ、これで画像は全部な」

俺がそう言い終えると、紫苑《しおん》ちゃんは不気味な笑い声を上げた。

「くふふふ……丸《まる》さんはあいかわらずおバカさんですねぇ……。これでわたしの弱点はなくなりました……っ！」

そう言うと両手を腰に当て、胸を張った。ぴっちりとしたメイド服なので程よい大きさの胸が強調されるのだが、そこは気にならないらしい。

「あなたとの約束をわたしが守るとお思いで……？　くすくす、天才のわたしとハエ男のあなたの間に、約束なんて成立するわけないじゃないですか……っ！　約束するフリをして手玉に取る……っ！　ふふふ、わたしの頭脳、我ながら天才すぎて怖いほどだな！」

「言っておくが、こんなこともあろうかと、まだ撮ってきた写真の半分しか渡してないから」

「…………」

紫苑《しおん》ちゃんは両手を腰に当てたまま固まった。

「……え？　画像全部送ったって言いましたよね？」

「言った。でも残念だったな。あれは嘘《うそ》だ」

「嘘《うそ》をつくなんてひどいじゃないですかぁぁぁぁ！」

「自分で『手玉に取った』とか言っておいてそのセリフかよぉぉぉ！」

ホントこの子、アホの子だ。最初はどう応じればいいかわからなかったが、対応策がわかってきたら何だか楽しくなってきた。

そんなところへ一階から白草《しろくさ》の声が聞こえてきた。

「スーちゃ～ん、シオ～ン、ちょっと手伝ってもらいたいんだけど、いい～？」

「「はぁい！」」

声が完全に重なる。

俺は驚いて目を見開いただけだったが、紫苑《しおん》ちゃんは心の底から嫌そうな顔をした。

「ちっ」

思いきり舌打ちされた。

でももう怖くないんだよなぁ。むしろ笑えてきた。

「シオンはね、小学五年生のときにお父さんを病気で亡《な》くしてしまってね。お母さんはそのずっと前に離婚して音信不通になっていたから、天涯孤独の身の上になっちゃって。それを知ったうちのパパが引き取ったの。パパとシオンのお父さんはシングルファーザー同士で、気が合ったみたい。時々親子でうちに来るような関係だったから」

夕食を食べながら、紫苑《しおん》ちゃんがなぜメイドをやっているのかと聞くと、白草《しろくさ》はそんなことを教えてくれた。

「シロちゃん！」

「いいじゃない、スーちゃんよ？　言わないでって言えば絶対黙っていてくれるわ」

「それ、シロちゃんの妄想です！　わたしは丸《まる》さんをまったく信用していませんから！」

今日の夕食は鍋だった。スーパーで既製のダシを買ってきて、野菜や肉を切り、鍋で煮るだけのシンプルなものだ。東京タワーに行った帰路、白草《しろくさ》が『鍋、作ってみたい』と言い出したのだ。沖縄《おきなわ》旅行のことがきっと頭にあったのだろう。

白草《しろくさ》は肩をすくめながら俺の分を鍋からよそってくれた。

「じゃあさ、何でメイドやっているんだ？　それって使用人じゃなくて、姉妹みたいなものじゃないか？」

「……シオン、言っていい？」

「はぁ〜」

紫苑《しおん》ちゃんは大きなため息をついた。

「そんな様子じゃ、どうせわたしのいないところでシロちゃんしゃべっちゃいますよね？」

「うっ、そ、そんなこと――」

「しますよ。絶対します。それくらいならわたしが自分で話します」

紫苑《しおん》ちゃんって裏では白草《しろくさ》に激甘だけど、白草《しろくさ》と一緒にいると比較的冷静だよな。白草《しろくさ》に対しては『守っている』っていう自負があるせいか、姉的な対応をしたいようだ。

紫苑《しおん》ちゃんはため息交じりで語った。

「わたしの家はお母さんが最低の人間で、借金をお父さんに押し付けて男と逃げたんです。そのせいで苦労したお父さんは病気にかかって死んでしまって……。途方に暮れていたわたしを救ってくれたのが総《そう》さんでした。相続放棄などの手続きをすべて行ってくれただけでなく、わたしをシロちゃんの姉妹のような感じで受け入れてくれました。これほどの恩、一生かけても返せるものではありません。だからわたしは少しでもお返ししたいと思って、できる限りメイドとして家のことをお手伝いしています。もちろん随分加減をしてもらっていて、ある程度遊ぶ時間や勉強時間はあるのでご心配なく」

「ほぇ～」

紫苑《しおん》ちゃん、苦労人だったか。このエピソード、正直真理愛《まりあ》の過去と一位を争えるほど激重《げきおも》だ。

この子、『効率的』『合理的』『天才』とか言いたがるのは、最低な母親への反発心からなんだな。感情的な行動を嫌悪《けんお》している様子が見て取れる。そのくせ父親への愛情が見え隠れしているし、総一郎《そういちろう》さんへの恩義も強く感じている。白草《しろくさ》への友情も強く持っている。

ひどくアンバランスで極端だ。アホの子であることが拍車をかけ、その結果が身近な白草《しろくさ》を溺愛し、俺を排除しようという行動に繋《つな》がっている。

白草《しろくさ》が『悪い子じゃない』と言うはずだ。白草《しろくさ》にとって紫苑《しおん》ちゃんはいつでも無条件で味方になってくれる女の子なのだろうから。

あとこのエピソードでびっくりするのは総一郎《そういちろう》さんだ。総一郎《そういちろう》さん、聖人すぎる。これもうお金持ちの余裕だからってことでは片付けられないレベル。いい人すぎて崇《あが》めたくなる。

「シオンは堅すぎるのよ。別にパパも恩返しなんて期待してないから」

「シロちゃんはそう思っていても、わたしはしたいんですっ！　これは礼節の問題なんです！」

そうか、紫苑《しおん》ちゃんが物凄《ものすご》く白草《しろくさ》を大切にするのは、総一郎《そういちろう》さんへの恩返しっていう面もあるのかもしれない。彼女はあらゆる意味で白草《しろくさ》の『幼なじみ』であり『家族』であり『門番』なのだ。

豆腐をスプーンで口に入れる。……熱い。

ほふほふと息を吹きながら何とか呑《の》み込《こ》んだ後、俺はつぶやいた。

「そういう関係だったのか……。俺、ちょっと安心した」

「へっ？　どういうこと、スーちゃん？」

「シロってさ、凄《すご》い努力家だと思うんだ。でもそれをずっと一人でやってきて大変だったろうなって思ってたけど、紫苑《しおん》ちゃんのサポートもあったんだな」

「え、ないよ？」

「してませんが、何か？」

「ぶっ！」

俺は白菜を口に入れかけ、思わず噴き出した。

「えっ!?　何でだよ！　紫苑《しおん》ちゃんはシロのこと、大切に思っているんだろ？」しかも家族同然。だとしたら努力している姿は目に入ってくるわけで。ならば助けてあげたいと思うのが人情だろう。

「丸《まる》さん、脳みそが小さいのはわかりますが少しは合理的に考えてみてもらえませんか？」

「脳みそ小さいのは事実かもしれないがそれは横に置いといて、合理的とは？」

「シロちゃんほどのお金持ちの美人が努力する必要――どこにありますか？」

「…………あ、ホントだ。ねぇや」

すげぇ、盲点だった！　まったく気がつかなかった！

「別に勉強しなくてもシロちゃんが生活に困ることなんてありえません。しかもこれだけの美人さんなんですよ？　日本でもトップクラスの男が列を成して求婚しに来るのは当たり前じゃないですか？」

「もう、シオンったら。求婚しに来るなんてあるわけないじゃない」

いや、来る。絶対に来る。もし全国に募集をかけたら、たぶん千人以上来る。いや、一万人以上来るかも……。

「わたしはシロちゃんに幸せになって欲しいんです。だから好きな小説を書いてのんびり生きていけばいいって言ってるんです。小説だってすでにプロになり、しかも日本に名がとどろくような賞をもらっているんですよ？　これ以上頑張る必要、どこにありますか？　なのにシロちゃんはいろんなことに手を出して、やらなくてもいい苦労をしているんです」

「これは私がやりたくてやっていることなの！　シオンにどう言われてもやめるつもりないから！」

「いつもこうです。わたしの立場では禁止できないので、しょうがないから黙認しています。手伝いをしないことで早く努力はやめて欲しいってアピールしてるんですけど……」

「わかってるわよ。でもやめない」

ぷいっと白草《しろくさ》はそっぽを向いて不満をアピールした。

ダンスを一人で練習する白草《しろくさ》が妙に堂に入っていると思った。やはり練習はずっと一人だったのだ。

今考えると、白草《しろくさ》が友達の峰芽衣子《みねめいこ》に愚痴を吐いていたのって、紫苑《しおん》ちゃんに話すと『なら群青同盟《ぐんじょう》なんかやめればいいんじゃないですか？』と言われるせいだったのか……納得。

「紫苑《しおん》ちゃんがこれじゃ、シロも大変だな」

この二人、でこぼこコンビだな。

努力家で、頭がいいけどメンタルが弱い白草《しろくさ》。

効率派で、アホの子だけど我が道を行く紫苑《しおん》ちゃん。

二人の思考は正反対だ。

「そんなことないわよ、スーちゃん。私、シオンにいろいろ助けてもらっているから。一緒にいてくれるととても頼もしいわ」

「そうなんです！　わたしたちは互いに助け合う、ナイスで素晴らしい関係なんです！」

「そ、そうなのか？」

にわかには信じられないな……。

でもまあ、この暴走力……絶対に味方とわかっていれば頼もしいかもな。真っ先に切り込んでくれる特攻隊長みたいなものか。臆病な白草《しろくさ》からすれば、何も考えずに突撃して相手の出方を引き出してくれる紫苑《しおん》ちゃんは、俺の想像より頼りに感じているのかもしれない。

「でもこれだけ暴走すると尻拭いが大変じゃね？」

ちょっと声を潜めて聞いてみた。

「シオンに悪気はないの……ただ話がややこしくなるから今までスーちゃんに紹介しなかったというのもあって……」

「ああ、やっぱり苦労していたんだな……」

言葉の端々で理解できた。

「アホの子だしなぁ……」

「友達思いのいい子なのよ……。ただ少し調子に乗りやすいだけなの……」

フォローぶりを見る限り、性格は違えど仲の良さは本物のようだ。

「二人で何を話しているんですか？　丸《まる》さんの哀れな知能でシロちゃんの話、理解できるんですか？」

「哀れじゃねぇよ。俺から見ると紫苑《しおん》ちゃんも十分に……いや、言うのやめておくわ」

「途中で言うのやめるのやめてくださいよぉ！　そういうの傷つくんですから！」

「え、傷つくの？」

「くすくす、言ってみただけですけど？　あ、丸《まる》さん、また騙《だま》されましたね！」

俺は無言でアイアンロックをかました。

「ちょ、ちょっとギブ、ギブですっ！」

「わかればいいんだ」

この子、玲菜《れな》と同じ扱いでいいんだな。いや、むしろそれよりもっと強く行くべき。あしらい方が理解できてきた。

「そういえばスーちゃん、いつの間にかシオンのことを『紫苑《しおん》ちゃん』って呼んでるけど、思い出したの？」

「…………………ん？　え、もう一回」

「シオンのことを『紫苑《しおん》ちゃん』って呼んでるけど、思い出したの？」

「……思い出した？」

「ええ」

「昔、会ってたっけ？」

「あれ、思い出したわけじゃないの？」

「え、いつ会ってた？」

「私を撮影現場に連れて行ってくれたとき、シオンもいたでしょ？」

「…………あ」

あ～、いた！　確かにいた！

あのとき白草《しろくさ》を男だと思ってたから、『友達を連れてくるって言ってたけど、何で女の子なんだよ』ってな感じで思ったっけ。

で、俺は普段学校で黒羽《くろは》以外の女の子と仲良くしたことがない典型的男子だったから、彼女が来て正直扱いに困ったのだ。

「あれ、紫苑《しおん》ちゃんだったんだ……」

「そうでしたけど、何か？」

「シロがめっちゃはしゃいでいたのは覚えているんだけど、紫苑《しおん》ちゃんはテンション低くなかった？」

「シロちゃんがわたしをそっちのけで喜んでいたので、口出しできなくて」

……なるほど。白草《しろくさ》を溺愛する紫苑《しおん》ちゃんにとって、俺はライバルであり、邪魔者。そして撮影所に連れていくことで、俺が株を上げるのを見せつけられた。そりゃ気に食わないか。

あー……六年前の時点ですでにヘイトが溜《た》まるエピソードがあったとはなぁ……。

「まあ、そのころお父さんの体調が良くないときだったので、あまりはしゃぐ気分じゃなかったというのもありますが。小学生の男の子が察することとなんてできるはずがないし、少しくらい気遣って欲しかったなんて微塵《みじん》も思っていませんから」

「あああぁぁ……それは悪かった……」

聞けば聞くほど、俺と紫苑《しおん》ちゃんは相性悪いな。とにかくタイミングが悪いというか、ことごとくかみ合わせが良くない。白草《しろくさ》と仲良くしていただけなのだが、見事に紫苑《しおん》ちゃんの地雷を何回も踏み抜いている。こりゃ嫌われているはずだ。

「シオン、それなら私も謝るわ」

「え、何でシロちゃんが？」

「だって私、シオンを労《いたわ》らずにスーちゃんに付いて回ってはしゃいじゃってるし」

「いや、その、シロちゃん……っ！　そういうわけじゃなくてですね……っ！」

白草《しろくさ》は動揺する紫苑《しおん》ちゃんを見やり、くすりと微笑《ほほえ》んだ。

「……うん、わかっている。でも小さなころに一回会っているんだから、二人もできれば仲良くなって欲しいなって思ってて。それでちょっと意地悪しちゃったわ」

たぶん白草《しろくさ》は意図的に俺と紫苑《しおん》ちゃんの間柄を『幼なじみ』と言わなかった。

俺と紫苑《しおん》ちゃんは幼いころに出会っているが、『なじみ』とは到底言えない。

それを言うなら白草《しろくさ》も幼いころに会ったのは数回だけ。『なじみ』と言えるか微妙なところだ。

ただ俺は、白草《しろくさ》は『幼なじみ』の範疇《はんちゅう》に入れてもいいのではないかと思っている。もちろん『いや、自分は幼なじみとは思わない』と言う人がいれば、それも間違いじゃないだろう。

『幼なじみ』と言える一つの基準として、共通の思い出があると思う。それも心を通わすような思い出だ。何年も経《た》って互いに懐《なつ》かしく思い出し、語り合えるような関係があれば、『なじみ』と言っていいと思う。逆にずっと傍《そば》にいても、何も心が通わないような相手なら『幼なじみ』とは言いづらいだろう。

「シオン、手を出して」

「ん？」

と言いつつ紫苑《しおん》ちゃんが手を出す。その手首を白草《しろくさ》が掴《つか》んだ。

「スーちゃん、手を出して」

「へ？」

俺も左手を出すと、やっぱり白草《しろくさ》が手首を掴《つか》んだ。

「はい、握手～」

鍋の脇で、ちょこんと白草《しろくさ》が無理やり手をくっつける。

突然のことだったし、俺も紫苑《しおん》ちゃんも反応できなかった。なので手を握り合うどころか、手の甲が触れただけだ。

しかし紫苑《しおん》ちゃんの反応はひどかった。

「な、な、汚いですっ！　手が腐ってしまいます！　洗ってこなきゃいけませんね！」

「ひどっ！」

この子、こういうことを平気で言うとわかっていてもさすがに傷つくわー。

だからちょっと反撃した。

「そんなこと言っていいのかな～、紫苑《しおん》ちゃ～ん？」

俺は携帯をちらつかせた。

さすがに先ほど頼んだ『友好的に』という発言は覚えていたらしい。

ものすっごい嫌そうな顔をしながら紫苑《しおん》ちゃんは手を差し出してきた。

「シロちゃんが仲良くしてと言っていましたし、しょうがありませんね……」

「おい、顔引きつってるぞ」

「うるさいハエですね……。心の狭い男はモテないんですけど……？」

「こっそりテーブルの下で男の足を蹴る女もモテないぜ？」

「別にモテたいわけじゃないので構いませんが……。はい、これで仲直りですね！」

結局手は握ったけど、一瞬だったし、思いきり力を込めてきやがった。女の子なのに結構握力が強かったが、まあ耐えられるレベルだったから許してやるとするか。

「もう、二人とも」

白草《しろくさ》は肩をすくめるだけだ。

でも何だかとても嬉《うれ》しそうだった。

＊

夜、末晴《すえはる》と紫苑《しおん》が寝静まっても、白草《しろくさ》は一人リビングでノートパソコンに向かっていた。

ずっと夢に見ていた末晴《すえはる》との東京タワー。それが叶《かな》えられ、興奮して寝られなかった。

「ふふふ、これは勝ったわね……」

喜びは勝利の確信へと変わる。

初恋の人、という特別な地位はすでに手に入れていた。

しかし迫りくるライバルは幼なじみという地位を積極的に活用してきている。

確かに『幼なじみ』という呼び名で争うなら、自分が一番思い出が少ないと白草《しろくさ》は自覚していた。だからこそ、その部分を掘り起こして補強する必要があった。

そしてそれは今回、完璧に補われた。しかもライバルに差をつける大きな一歩があった。

「スーちゃんと、初デート……」

思わず頬が緩んでしまう。

これ、もはや恋人と言っていいのでは⁉　デートの楽しさは、スーちゃんの脳裏にもしみ込んだはず！　となればまた誘いたくなり、距離もどんどん近づき、そして――

「っっ！　私、はしたないわ……」

頬が熱くなるが、妄想はさらに過激さを増していく。

そんな妄想を楽しみつつ、白草《しろくさ》は高速でタイピングを続けた。

第三章　パートナー

＊

「スーちゃん、起きて。朝よ」

「うーん、眠い……もう少し寝かせて……」

おぼろげな意識の中、俺は何とかそれだけつぶやいた。

「わかったわ…………………………………………………………………………………………寝てる？　スーちゃん」

「すー、すー……」

「ふふっ、可愛《かわい》い寝顔……。……………誰もいないわね…………いいかな？　ちょっとくらい、いいわよね……せっかくの機会だし……頬にちょこっとくらい、キ、キキ、キスしても……いいわよね……？」

ん？　なんだか温かな空気が近づいてきているような……。特に頬のあたり……。

眠いけど、目を開けたほうがいいかな……？

「――おはようございます、末晴《すえはる》お兄ちゃん！　お兄ちゃんのモモが到着しましたよ！」

「んっ……モモ？　え、もうそんな時間か……？」

俺が目をこすって起き上がると、そこには満面の笑みの真理愛《まりあ》が部屋の入り口に立っていた。

そして――

「ちぃぃぃっ！」

部屋の隅で白草《しろくさ》がなぜか奥歯を噛《か》みしめていた。

……何があったんだ、いったい。

白草《しろくさ》さんもなかなか油断ならない御方《おかた》ですね……。大良儀《おおらぎ》さんもチェックが甘いようで」

「シオンは朝食づくりで忙しいの」

「ああ、その隙をついて」

「言い方が悪いわね。役割分担よ。私はスーちゃんを起こす役目になっただけ」

「……まあ、参考にさせてもらいますね」

ニヤリ、と真理愛《まりあ》が笑ったのを見て、白草《しろくさ》は身震いした。

「まさかあなた、明日――」

「モモは何も言ってませんが？　邪推はやめてもらえますか？」

「この子は……っ！」

「あのー、二人とも。着替えたいんだけど」

「ご、ごめんなさい、スーちゃん」

白草《しろくさ》は赤面して反転した。だが真理愛《まりあ》はむしろ近づいてきた。

「末晴《すえはる》お兄ちゃん、お手伝いします。ボタンを外せばいいですか？」

「いいって。学校行くときならともかく、別に休みの日は焦《あせ》ってないし。昨日だって着替えは自分でやっているから」

着替えって下着も見られちゃうし、恥ずかしいんだよな。パジャマのボタンは大きくてはめたり外したりがしやすいし、服だってシャツにジャケットなら別に大変じゃない。ズボンのボタンは一つだけだからゆっくりやれば済む話だ。

「でも時間かかりますよね？　はい、末晴《すえはる》お兄ちゃん、脱ぎ脱ぎしましょうね～」

「おいおい、モモ！」

真理愛《まりあ》は無理やり俺のパジャマのボタンを外してきた。

フルーティーな香りが鼻腔《びこう》をくすぐる。ピーチ系の濃密な甘い匂いが真理愛《まりあ》のふんわりとした髪から漂ってきて、年頃の女の子なのだと思い知らされてしまう。気安さから忘れそうになるが、真理愛《まりあ》は〝理想の妹〟と言われるほど可愛《かわい》らしく、愛嬌《あいきょう》のある少女なのだ。

「な、なんてえちぃことを……っ！」

白草《しろくさ》は両手で目をふさぎながらそんなことをつぶやいているが――

「おい、シロ……見てるだろ？」

「ふぃ⁉」

あまりに驚いたせいだろうか。よくわからない声を白草《しろくさ》は発した。

「指の隙間から見てるのまるわかりだ。シロが『えちぃ』くてどうする」

「な、何のことかしらぁ？　わ、私、そんなはしたない女じゃないわよ？」

何だか可哀《かわい》そうになってきた……。俺も嘘《うそ》が苦手だから、白草《しろくさ》の対応はよくわかる……。もう突っ込むのはやめておこう……。

「そしてモモ、さりげなくインナーシャツも脱がそうとするのやめろ」

何も言わずインナーシャツまでまくってこられたらびっくりするんだけど！

「あ、末晴《すえはる》お兄ちゃんの腹筋、結構鍛えられてますね」

「お前、話聞けよ」

「もしかして六年前からトレーニングだけは続けてました？」

「多少癖になっちゃってたからな。でも当時みたいにがっつりやってないぞ」

「うわ～っ、カッチカチですっ。すご～い、楽しいですぅ～っ！」

何だかよくわからんがめっちゃ真理愛《まりあ》が喜んでいる。

「ちょ、桃坂《ももさか》さん？　独り占めはよくないわよ！」

「しょうがないですね、少しだけ譲ってあげます」

「あの、俺の意見は？」

まったく聞いてくれないまま、白草《しろくさ》が俺の腹筋に触れてきた。

「……わっ、硬いわね。男の人の筋肉って、こんな感じなんだ」

「……モモも実は触るの初めてでして……興味深いですね……」

身動きが取れない……。

何だか恥ずかしいけど……正直女の子にベタベタ触られてそこまで悪い気しないし……。

そんな風に思っていたから、にやけてしまっていたのだろうか。

静かな足取りでやってきた紫苑《しおん》ちゃんが廊下に現れる。ドアは開けっ放しだから当然俺たちがしていることは丸見えだ。

「…………」

すぅーっと紫苑《しおん》ちゃんの表情が消えた。

「このハエ男！　なんてえっちっちなことしてるんですか！　今すぐ警察に突き出しますよ！」

「ちょっ、おい！　今回は俺からじゃないんだけどぉぉぉ！　あとその言い方、ご近所さんに誤解されるだろうがぁぁぁ！」

すると窓の外から声が聞こえてきた。

「おい、スエハル！　えっちっちなことって何だよ！」

「ミドリはどうしてそこだけ聞いてんだよぉぉぉ！」

朝っぱらからベランダで発する言葉じゃねぇぞ！　もう少し気を使えよ、碧《みどり》！　お前はマジで後で説教だからな！　覚えておけよ！

…………………

……………

……

結局、碧《みどり》が突入してきそうになったが、白草《しろくさ》が誤解だと話すとあっさり引き下がった。

俺が説明しても全然信用してくれなかったんだけどな……。やっぱりあいつ、今度会ったとき説教な……。

そして改めてちゃんと着替え、一階のリビングに下りて朝食を取り始《はじ》めた。俺はシリアルだけで十分のつもりだったが、紫苑《しおん》ちゃんはちゃんとスープとサラダを作ってくれていた。

この子、料理は得意なんだよな。そしてメニューがさりげなく贅沢《ぜいたく》。この辺はさすがお金持ちの家でメイドさんをやっているんだなと感じさせる部分だ。

「あれ？　シロは食べないのか？」

白草《しろくさ》はシリアルに一切手をつけず、湯気が出ているスープも見ているだけだ。

「……シオン、オレンジジュースもらっていい？」

「また徹夜ですか？」

「書けそうなときに書いておきたくて」

つまりそれって――

「シロ、新作の小説書いているのか？」

「ええ。最近群青《ぐんじょう》同盟や試験で忙しかったからなかなか取り掛かれなかったけど、ようやくね」

「でもいきなり徹夜は頑張り過ぎじゃないか？」

差し出されたオレンジジュースを白草《しろくさ》は少しだけ口に含んだ。

「私、少しずつ書くっていうより、勢いがあるときに一気に書くタイプなの。昨日、スーちゃんと東京タワーに行ったでしょ？　何だか嬉《うれ》しくて、興奮して……そうしたら執筆したくてしようがなくて。そのままの勢いで徹夜しちゃったわ」

「そうですか東京タワーですかいいですね」

すでに自宅で朝食を取ってきたのだろう。ソファーでくつろぐ真理愛《まりあ》がジト目でつぶやく。

「新作ってどんな話なんだ？」

闇のオーラを発する真理愛《まりあ》は危険なのでさりげなくスルーして尋ねた。一ファンとして気になるところだった。

「復讐《ふくしゅう》の物語よ」

「ほぉ～」

「時は大正時代。旧家に生まれた女の子が主人公で、その子には大好きな同い年の男の子がいるの」

「ふむふむ」

「男の子は歌舞伎の家元の家系で、凄《すご》く人気があってね。男の子の近所に住む谷町《たにまち》の娘とか、義理の妹とかが狙っているわ」

「ふむ…………ん？」

「主人公の女の子は大恋愛の末、男の子と駆け落ちするんだけど、例の谷町《たにまち》の娘とか義理の妹が暗躍して、少し目を離した隙に男の子は消えてしまうの。絶望した主人公の女の子は、その腐れ外道の谷町《たにまち》の娘と、人間として最低な義理の妹をその汚らしい性根にふさわしい末路に追い込み、最後には男の子を救出し、ハッピーエンドという話よ」

「いやいやいや、相手の女の子のくだりだけ何だか妙に力が入ってなかったか？」

「気のせいよ」

ポツリと真理愛《まりあ》がつぶやいた。

「題材が透けて見えてしまうのは小説家としてどうなのかと……」

「文句あるかしら？」

「いえ。モモは話さえ面白ければ題材なんて何でもいいと思っているので」

真理愛《まりあ》は役者としてのプロ意識が高いから、話が面白ければ何でも良かったりするんだよなあ。

「……あ、朝九時になりました。バトンタッチですね」

真理愛《まりあ》が腕時計に目を落としてつぶやいた。

どこで決まったんだろうな、このルール……。

黒羽《くろは》、白草《しろくさ》、真理愛《まりあ》の三人で話し合ったんだろうけど、あの三人だけで集まって話すとなると、地獄みたいな光景になってたんじゃないだろうか。

……うん、怖くて聞けない！

「私は帰って眠るわ……」

白草《しろくさ》があくびをする。いつもキリッとしている白草《しろくさ》があくびをするところ、初めて見た。

「あれ、おかしいわね……。何だか急に疲れが出てきちゃったわ……」

「そりゃ徹夜してればそうなるって」

「シオン、車呼んでもらっていい？」

紫苑《しおん》ちゃんが頷《うなず》いたところで真理愛《まりあ》が口を挟んだ。

「これから末晴《すえはる》お兄ちゃんと出かけますので、白草《しろくさ》さんはここでひと眠りしてから帰ったほうがいいのでは？　紫苑《しおん》さんはどうせお留守番なのでしょう？」

「そうですね。シロちゃん、そうしたら？」

「ええ、じゃあ……お言葉に……あま、え……」

テーブルに艶やかな黒髪が落ちる。そのまままぶたは落ちていき、すぐに小さな寝息を立て始めた。

何だか新鮮だった。無防備な白草《しろくさ》が妙に愛らしくて、ずっと見ていたい気持ちになる。

「……お兄ちゃん、見すぎでは」

「⁉」

俺は口笛を吹いた。音は鳴らなかった。

「ベツニ？　ミテナイヨ？」

「プライベートでは末晴《すえはる》お兄ちゃんが下手くそな演技をするのは知っていますが、あいかわらず見るのが辛《つら》いですね」

「それバカにされるより傷つくからやめて！」

結局白草《しろくさ》を布団《ふとん》に運ぶのも含めて紫苑《しおん》ちゃんに任せることになり、俺と真理愛《まりあ》は連れ立って玄関を出た。

真理愛《まりあ》の手配でタクシーはすでに横付けされている。俺はともかく真理愛《まりあ》はかなり目立つから、気軽に電車で移動というわけにはいかないのだ。

「お前、連れて行くところ秘密って言ってたよな？　そろそろ教えてくれよ」

タクシーの中で俺が尋ねると、真理愛《まりあ》は可愛《かわい》らしく唇に人差し指を添えた。

「まあまあ末晴《すえはる》お兄ちゃん。あと少しでわかるんですから、焦《あせ》らなくても」

「そうかもしれないけどさ」

「着くまで少し思い出話をしませんか。モモと末晴《すえはる》お兄ちゃんが仲良くなったくらいからのことを」

「もちろんいいけど」

真理愛《まりあ》はクスリと笑うと少しずつ語り始めた。

どこか遠くを見ており、瞳には過去が映っていた。

＊

『モモ……頑張る。あんたに追いつくくらい……頑張る。それまで待っててくれる？』

『――当たり前だ』


約束をした日、運命が変わった日。

わたしは姉にお願いしてできるだけいい美容院を探してもらい、その中でも一番人気の美容師を指名し、髪を切ってもらった。

『お任せします。あなたが思いつく限り、もっとも可愛《かわい》い髪型にしてください』

それまでのわたしは自暴自棄に近かった。その心が髪に現れており、正直伸びるに任せた髪型だったのだ。

そんな髪型でもプロが整えればそこそこ可愛《かわい》く見えるようにはなる。しかし末晴《すえはる》お兄ちゃんに追いつくには〝そこそこ〟では一生不可能だと思った。

わたしは自分の生き方を決めた。芸能人として有名になる。末晴《すえはる》お兄ちゃんに肩を並べるほど。そして大金を稼ぎ、姉に恩返しをする。

それを本気で成し遂げようとするなら、全力を尽くさなければならなかった。そのためにまず容姿を磨くことにしたのだ。もちろん当時のわたしと姉にとっては身を切られるような出費だったが、先行投資をケチった人間に大きな見返りはないと考えた。

その効果は——てきめんだった。

『あれ、あの子……名前は？　あんな子いたっけ？』

今までは末晴《すえはる》お兄ちゃんのおまけで傍《そば》にいただけだったが、目に留めてもらえるようになった。そしてわたしは容姿に見合う——正しく言えば、今のわたしの容姿を見た人たちが期待する性格とはどんなものか熟考し、言動をそれに合わせた。

すると次々と仕事が舞い込むようになった。

『……いいね、あの子。可愛《かわい》らしくって。桃坂《ももさか》……真理愛《まりあ》ちゃん？　端っこの役だけど、使ってみようか』

『この子目立つなぁ……。もっとセリフがある役を見てみたいね』

『モモちゃんはクランクアップした後、スタッフ一人一人にすっごく丁寧にお礼を言って回るんだよね。そういうところ凄《すご》くいいよなぁ。ああいうことされるとさ、こっちも人間だからまた使いたくなるよ』

『周りが見えているんだよね、モモちゃんは。頭がとにかくいい。押さえて欲しいところをきちっとこなしてくれる。小学生でこれだけできる子いないよ。まあマルちゃんは独自に突き抜けて周囲のテンションまで上げるタイプだから、比較できないけどね』

最初は末晴《すえはる》お兄ちゃんのバーターとしてもらっていた仕事が、段々とわたしを指名して来るようになった。そのことに戸惑いを覚えなかったと言えば嘘《うそ》になる。

だってわたしはわたしであり、何も変わっていないのだ。

別に生まれ変わったわけじゃない。周囲への不信感も変わらず持っている。

変わったのは目標ができたことと、前向きに思考するようになったこと。そして目標を達成するために容姿や性格の見せ方を変えたこと。それだけだった。

そしてそれだけのことが、とてつもなく大きな違いだったのだ。わたしの中で〝僅か〟と感じる違いは外の世界では〝人生を一変させるほどの大きな差〟だった。

そのきっかけをくれた末晴《すえはる》お兄ちゃん。

最初は反発から始まった気持ちが、このころには純粋な恋心に変わっていた。

だって当たり前だ。

未来に絶望しかなく、姉に負担をかけるだけの最低な人生のはずが、急に輝き出した。

頑張ればやれるのだという喜び。未来がより良いものになるという希望。

生まれ変わったのではないかと錯覚するほどの経験だった。

そこまで導いてくれた同年代の男の人に特別な感情を抱かないなんて、逆にそっちのほうが無理だ。

『末晴《すえはる》お兄ちゃん、好きな食べ物は何ですか？』

『ん？　ああ、えーと——あっ、わりぃ！　呼ばれちまった！』

わたしが忙しくなったといっても末晴《すえはる》お兄ちゃんに比べればまだまだ。

末晴《すえはる》お兄ちゃんは〝国民的子役〟と呼ばれるほどの真のスター。出演した作品は軒並み高視聴率。低視聴率に苦しむテレビの救世主とまで言う人さえいた。

末晴《すえはる》お兄ちゃんの忙しさはさらに加速していた。以前はわたしが暇だったので末晴《すえはる》お兄ちゃんの空いている時間にお話しできたが、今はわたしも仕事が入るようになったので、話す時間はだいぶ少なくなってしまっていた。

『モモちゃん、はるくんの好きな食べ物はあたしが教えてあげるわ』

『お母様……っ！』

末晴《すえはる》お兄ちゃんのお母さんとは以前から面識があった。ただそのころは姉以外に心は開かないと決めていたので、接する時間は今よりあったというのにほとんど口を利《き》いていなかった。

そのことを反省し、今は〝お母様〟と呼ぶことで将来への伏線としているのだが——そんなことは抜きに末晴《すえはる》お兄ちゃんのお母さんはいい人だった。

『はるくんはね、肉じゃがとか鶏《とり》のから揚げとか、和風のものが好きなの。もちろんハンバーグやオムライスも好きだけど、全般的には和が好みかな。お味噌汁《みそしる》が好きで、朝お味噌汁《みそしる》がないとちょっとへそを曲げることもあるのよ』

穏やかな人格者と言っていい人だと思う。また『へそを曲げることもあるのよ』の後にニコッと笑ってウィンクするのが様になっており、年を取っても愛嬌《あいきょう》がある。『女優を目指したけれど才能がなかった』と本人は自虐気味に言っていたけれど、そこにいるだけで皆が笑顔になるような魅力は間違いなくあった。

わたしは母にまったくいい思い出がないだけに当初警戒していた。しかし末晴《すえはる》お兄ちゃんのお母さんの優しさ、愛嬌《あいきょう》、魅力がわかるにつれて慕うようになっていた。

というか末晴《すえはる》お兄ちゃん自身が運命の人なのにお母さんもいい人とか、もう結婚するしかないのでは？　よし、今のうちから媚《こび》を売っておこうそうしよう、なんて思ったりしていた。

だから――

「末晴《すえはる》お兄ちゃん、着きました。ここがモモが連れてきたかった場所です」

タクシーから降りたわたしは、カメラのスイッチを入れて撮影を始めた。

末晴《すえはる》お兄ちゃんはタクシーを降りてから一歩も動かず立ち尽くしていた。

「…………」

「怒ってます？」

「……いや、一度は来なきゃいけない場所だと思っていた」

「そうですか……」

わたしが連れてきたのはとある住宅街の一角にある公園の入り口だった。

特別な設備があるわけではない。ただ末晴《すえはる》お兄ちゃんにとって運命の場所なのは間違いない。

ここは――

――末晴《すえはる》お兄ちゃんのお母さんが死んだ場所だ。


今、この場はわたしの手はずでなるべく人が通らないようにしていた。だから少しだけだが、人目を気にせずにいられる。

「末晴《すえはる》お兄ちゃん……。きっと辛《つら》いと思いますが、当時――お母様が亡《な》くなられた状況を解説してもらっていいですか？　動画を見る方々のために。モモも話には聞いていますが、さすがに細かくは知らないので」

「……わかった」

末晴《すえはる》お兄ちゃんは目をつぶった。その時間、僅か一秒ほど。

しかし目を開けたときには覚悟を決めた男の人の顔をしていた。

その表情にわたしはトキメキを覚えたが、心に蓋をしてカメラを回し続けた。

「〝チャイルド・キング〟……みんな知っているのかな？　視聴率、よかった記憶があるんだけど」

「知っている前提でいいと思いますよ」

「そっか。俺が主役をやらせてもらったドラマで六年ほど前に放送している。その〝チャイルド・キング〟一話で出てきた主人公の母親――これが実際に俺の母親でもあったんだ。現実の親子が役でも親子をやるっていう話題性を狙ったものだったはずだけど、話題になったのか？」

「正直、あまり。番宣《ばんせん》や雑誌では取り上げられていましたけど」

「俺の母親は昔女優志望で、舞台をやっていたり、事務所に所属したりしていたんだけど、結局芽が出なくて。俺が劇団に入って子役になったのは、母親の希望からだったんだ」

「ちなみにモモはその劇団には入っていませんでしたが、末晴《すえはる》お兄ちゃんが子役として所属していた事務所にモモが入り、末晴《すえはる》お兄ちゃんとセットで売り出してくれました。なのでモモがここまで来られたのは、末晴《すえはる》お兄ちゃんの力も非常に大きいのです」

わたしは視聴者のために補足しつつ、心の中で頷《うなず》く。

そう、末晴《すえはる》お兄ちゃんと出会わなければ、今のわたしは存在しないのだ。

「〝チャイルド・キング〟は月九《げつく》だったんだけど、母親の憧れのドラマ枠で。母親役で出られるのをとても喜んでいたことを覚えている」

　末晴《すえはる》お兄ちゃんは目を細め、公園の入り口を出てすぐにある、信号のない横断歩道の前に移動した。

「ここで俺の母親は車にひかれた。〝チャイルド・キング〟は一話で主人公の母親が死ぬ。だからそういうシーンだった、というだけなんだ。スタントを使わなかったのも、俺の母親の希望だった。これはちゃんと言っておかなきゃって思うけど、後で調べてみたところ、俺の母親と車はまったく接触していなかったんだ。つまり俺の母親は車に当てられた演技をしただけ。迫真の演技をするために限界を超えて飛んだんだろうな。コンクリートの地面に落ちるときに頭を打ち、しかも当たり所が悪く……それが死因だった」

　末晴《すえはる》お兄ちゃんの心にはどんな感情が去来している？

　……わからない。

　末晴《すえはる》お兄ちゃんは、少しだけ寂しそうな表情をしながらも、泣きもせず、嘆きもせず、淡々としている。

「ここだ。母さんが倒れていた場所」

　末晴《すえはる》お兄ちゃんは膝をつき、コンクリートの地面に触れた。

「やっぱり血とか、残ってないな。そりゃそうか」

六年も経《た》っている。痕跡は時間と雨が洗い流してしまっただろう。

「警察も来たし、何だかいろんな人にいろんな話をした気がする。だけどあまり覚えていない。ただ、俺の母親の死を公表し〝チャイルド・キング〟の制作を中止にするって話が出たときに、もっとも反対したのは俺だ。母が憧れた舞台でやった命がけの演技を、お蔵入りにすることだけは──耐えられなかったんだ。スタッフの誰も悪くなかった。母の死は本当に不運な事故だったんだ。だから公表はせず、葬儀は身内だけで済ませ、俺は〝チャイルド・キング〟に全力を費やした。母さんとの最初で最後の共演だったから」

「末晴《すえはる》お兄ちゃん……」

どうしてこんなにカッコいいのだろうか……。

絵になっている。哀愁漂う横顔に、わたしの胸はさらに高まってしまう。不謹慎だと思うのに、ドキドキは加速していく。

「この一件の後、俺は『母の死に誰も気づかず、カメラが回り続けた』ってことが何だか怖くなって。〝チャイルド・キング〟だけは死に物狂いでやり遂げたんだけど、それからは糸が切れた凧《たこ》みたいになっちゃって。舞台に立ったりカメラが回ったりすると恐怖がよみがえってきて。それで父親の勧めで芸能界から離れた。母の死のことは伏せてもらっていたから、突然消えたみたいに見えてしまったんだと思う。それが俺が事実上引退していたことの真実だ」

末晴《すえはる》お兄ちゃんは不気味なほど穏やかだった。

語っている内容は重く、辛《つら》いことは誰でも察することができる。でもそれが表面に出てきていない。

「末晴《すえはる》お兄ちゃん……辛《つら》い告白、ありがとうございます……。大丈夫ですか……？」

「ん？　ああ、何だろうな。実際に話してみると、結構あっさりだよな。この場所だって、ずっと怖かったんだけど、実際来てみると意外にたいしたことがないというか。時間が経《た》って自分の中で消化できているのかもな」

「そうですか……」

わたしが回すカメラの向こう側で末晴《すえはる》お兄ちゃんは力無く笑う。

その表情にわたしは胸の痛みを覚えながらも、心の奥底でこうつぶやいていた。

――計画通り……っ！

末晴《すえはる》お兄ちゃんの過去を描くドキュメンタリー制作の話が出たとき、わたしは思考を巡らし、その結果『群青同盟《ぐんじょう》女子三人が、それぞれが接してきた過去を掘り下げることでドキュメンタリーとして一本に仕上げる』のが最善という結論に達した。

末晴《すえはる》お兄ちゃんとの過去について、掘り下げるなら二人だけで行いたかった。大切な思い出だから。それはたぶん、黒羽《くろは》さんも白草《しろくさ》さんも同じだと思う。

なので末晴《すえはる》お兄ちゃんに全員で付いていってロケをする、という一般的な手法はここで捨て去った。

次の問題は、それぞれの過去を掘り下げていった際、誰が一番得をするか、だ。

そうして思考を進めた結果、わたしが一番得をするという結論に達した。なぜなら末晴《すえはる》お兄ちゃんの過去でもっとも大きな出来事と言えば、当然『母の死』以外にないからだ。

芸能界を事実上引退することになった事件だし、その後舞台に立てないというトラウマを患《わずら》っていたことも知っている。いい悪いは別として、末晴《すえはる》お兄ちゃんの中では出世作の〝チャイルド・スター〟出演よりも大きな出来事として記憶されていることは間違いない。

さて、ここからさらに思考を進めると、末晴《すえはる》お兄ちゃんが母親の死と向き合うとき、『大きな悲しみを感じる』のは語るまでもないだろう。

そしてこれこそ――


モモ大勝利！

に繋《つな》がる展開へのキーワードだ。

わたしは末晴《すえはる》お兄ちゃんからおそらく『妹』に近い概念で見られている。それは距離の近さを意味しているから悪いことばかりではないが、恋愛対象として見てもらうために努力が必要

モモ
大勝利

となる。

ならばどんな努力が必要か？

わたしの答えは、今まで見たことがないような一面を見せる、だ。

具体的に言えば──『包容力』を見せたい。『包容力』は『妹』のイメージと相反するものだから。

わたしの利点は末晴《すえはる》お兄ちゃんと同じく、役者が本業だということ。つまり喜びを分かち合える。生涯のパートナーになれる。しかしわたしは助けてもらうばかりで、末晴《すえはる》お兄ちゃんを助けたことはない。

要するに『大きな悲しみを感じる』場面に立ち会うことで──

喜びだけでなく、悲しみも分かち合えることを認識してもらって好感度アップ！

しかも優しく包み込むことで包容力も強調できる！

そのおかげで『妹』から脱却！

末晴《すえはる》お兄ちゃんはわたしを恋愛対象として見るようになり、距離は近づいていって──

完　全　勝　利　モ　モ　！

──となるわけである。

自分の計算高さに半ば呆《あき》れるものがあるが、ライバルは強敵ぞろい。ならば半端《はんぱ》な良心は犬にでも食べさせ、しっかりと果実を取りに行く必要があるだろう。

「何だか凄《すご》く悲しい気がするんだけどな……」

「悲しい気がするって、悲しいのと何が違うんですか？」

わたしはなるべく優しい声色を意識して発した。

「混乱しているのかな。よくわからないんだ。悲しいって気持ちさえ」

「もしかして〝チャイルド・キング〟の撮影中もそんな感じでしたか？」

「……どうだったかな」

「モモが〝チャイルド・キング〟に出演したとき、撮影に同伴しているのがお父様だったので違和感がありました。でも末晴《すえはる》お兄ちゃんがそんなに悲しい目に遭っているってわからなかったんですよ。時折ぼうっとしているな、と思うくらいで。何となく今の感じに似ています」

「うーん、やっぱり〝チャイルド・キング〟の撮影ってあんまり思い出せないな……」

「思い返してみると、違和感は結構あったんですよ。スタッフさんたちがあまり冗談を言わなくて、末晴《すえはる》お兄ちゃんの出番だとやけに緊張していたり。末晴《すえはる》お兄ちゃんの熱演に涙を流すスタッフがいたり」

「……そうか」

「いくらわたしが小学四年生だったからって、スタッフの皆さんも言ってくれればよかったのに。そうすれば――」

ダメだ、と思った。ここは愚痴を言うタイミングじゃない。

思い出せ。今、必要なのは妹扱いを脱却するための大きな包容力。そして悲しみに包まれる末晴《すえはる》お兄ちゃんを癒やす優しさだ。

だから愚痴なんて論外。

いくら教えられなかったせいで――気がつかなかったせいで――末晴《すえはる》お兄ちゃんが芸能界をやめると言い出したとき、あんなにひどい言葉を吐いてしまったとしても。

『お兄ちゃんは凄《すご》いんです！　お兄ちゃんはヒーローなんです！　演技ができなくなるなんてありえません！　だってお兄ちゃんは、モモが駆け上がるまで待っていてくれるんでしょう!?』

わたしは感情に流されたりはしない。もう後悔はしない。

計算高いと言われても完璧に。ちゃんと計画通りに事を進めるのだ――

「……ごめん、なさい……」

しかし、どうしてだろうか。

無意識に口から出てきたのは――謝罪の言葉だった。

「モモ……」

「ずっと、ちゃんと謝らなければって思っていたんです……」

ダメダメダメ！

こんなはずじゃなかった。癒やす側が泣くなんてありえない。

なのにどうしてわたしは泣いているの……？

「異変はたくさんあったのに、気づけるポジションにいたのに、わたしは何も気づきませんでした……。その上、ショックで演技ができなくなった末晴《すえはる》お兄ちゃんに、わたしはひどい言葉を投げかけてしまいました……」

……情けない。

今日、わたしは謝るつもりはなかった。もっと別の機会にちゃんとした場所で、と思っていた。なぜなら今日は末晴《すえはる》お兄ちゃんのドキュメンタリーを撮るためにここに連れてきたのだから。

なのに——わたしは自分のことばっかりだ。

「再会したときに言ったろ。別に気にしてないって」

「——でも！」

わたしはカメラを公園入り口の石碑の上に置いた。もうカメラなんて回していられなかった。

「末晴《すえはる》お兄ちゃんは優しいからそう言ってくれるけど、モモは自分の愚かさが許せないんです……っ！」

「モモ……」

「わたしは自分のことばっかりで！　当時も末晴《すえはる》お兄ちゃんの気持ちを考えていませんでした！　今だって末晴《すえはる》お兄ちゃんのドキュメンタリーなのに、自分が言いたいことだけ言って！　自分で自分が情けなくて……っ！」

「お前はあいかわらず完璧主義者だなぁ」

末晴《すえはる》お兄ちゃんはわたしの頭に手を置き、優しく撫《な》でてくれた。

「……ま、言っても素直に聞くお前じゃないだろうが……あんま気にすんなって」

撫《な》でてくれる手があんまりにも心地《ここち》よくて、また泣けてきた。

癒やしたかったのに慰められて――

包容力を見せたかったのに、むしろ優しさに包まれて――

結局自分の未熟さと情けなさを認識させられる結果になり。そのせいで言うつもりはなかったはずの言葉が、思わず計算を忘れて口からこぼれ出ていた。

「モモは……末晴《すえはる》お兄ちゃんのお母さん、大好きでした……。優しくて、可愛《かわい》らしくて、モモの理想のお母さんでした……。だから亡《な》くなったことを知ったとき、凄《すご》く悲しかったです……」

力無く笑っていた末晴《すえはる》お兄ちゃんの瞳が、大きく見開かれていく。そして目一杯まで開いたところで固まり——突如、一筋の涙がこぼれ落ちた。

「あ、れ……。何だろうな、今頃……」

わたしは末晴《すえはる》お兄ちゃんに抱き着いた。

記憶にあるより、ずっとずっと筋肉質で大きな胸だった。

すると末晴《すえはる》お兄ちゃんは強く抱きしめ返してきた。

「……悪い……何だか、悲しくて……」

「いいんです……お兄ちゃん……それが自然なんです……」

「……本当に少しだけだから……」

「……大丈夫です、秘密にします。モモが他の人に言うわけないじゃないですか……」

末晴《すえはる》お兄ちゃんの嗚咽《おえつ》が聞こえる。わたしもさらに泣けてきた。

これは前に進むために必要な、大事な儀式。

計算通りにはまったく行かなかったけれど——この儀式を末晴《すえはる》お兄ちゃんと迎えられることにわたしは感謝した。もし一人だったら、あまりの悲しさに立っていられなかっただろうから。

＊

俺は母が死んだ場所の脇に花を置き、公園を後にした。

泣き終えた後、落ち着いた俺たちは改めてドキュメンタリーのための映像を撮った。泣けたことが功を奏したのか不思議なほどすっきりしていて、当時のことを思い出してもトラウマに襲われることなく、しっかり話すことができた。

区切りがついた、とはこういう心境を言うのかもしれなかった。

その後、二人でランチを食べ、昔懐《むかしなつ》かしい場所をいくつか巡り、夕方になって帰宅した。

「ありがとな、モモ。お前が連れて行ってくれなきゃ俺はいつまでも行けずにいた」

リビング。疲れてソファーで身体《からだ》を伸ばす真理愛《まりあ》に、俺は紅茶を差し出した。

母の墓には行けても、死んだ場所は無理だった。そのせいで自分の頭の中で怖い場所としてどんどん膨らんでいき、想像することすら恐れるようになっていた。

それが無くなった。爽快な気分だった。

「慰めてあげましょうか？　モモの胸でもう一度泣いてもいいんですよ？」

「ば、バカ……っ！　からかうなよ……っ！」

「ふふふ、可愛《かわい》いでちゅね、末晴《すえはる》お兄ちゃんは」

「赤ちゃん言葉もやめろ！　お前も泣いてただろうが！」

「……何のことやら」

そっぽを向いての素知らぬ振りはいつものことだが、今はほんのり頬が赤く染まっている。さすがの真理愛《まりあ》と言えど、泣いたことは相当に恥ずかしかったようだ。

「顔が赤くて照れが隠しきれてないぞ」

「む〜っ！」

真理愛《まりあ》はドングリを頬張るリスのように口を膨らませると、ポカポカと俺の胸を叩《たた》いた。

「意地悪ですぅ！　お兄ちゃん、いつからこんなに意地悪になったんですかぁ！」

叩《たた》いてくるが怒っていないことは明らかだ。まったく痛くないし、声にも甘えの色が混じっている。

「ははは、わりぃわりぃ」

「謝罪なら態度で示す必要がありますよね？」

「プリンでも奢《おご》ってやるよ」

「心の傷はプリンでは癒やされません！」

「じゃあどうすればいいんだよ」

「傷を癒やすには傷口を舐《な》めるのが一番だと古今東西決まっています。だからここを舐《な》めてください」

「どうして心の傷が唇にできているんだよぉぉぉぉ！」

真理愛《まりあ》が指し示したのは唇だ。

それ、完全にキスだろうがぁぁぁ！

「心の傷が胸にできると誰が決めたんです？　あ、もしかして末晴《すえはる》お兄ちゃんはどうしても胸を舐《な》めたいからそういうセリフを──」

「だからそういうことじゃねぇんだわぁぁぁ！」

真理愛《まりあ》はクスクスと笑った。

何だかホッとする。真理愛《まりあ》らしいというか。

楽しいことも悲しいことも同じ目線で共有できる存在は貴重だ。真理愛《まりあ》はその上役者仲間でもあるので、さらに親和性が高い。恋人とか友達とかの区分は関係なく、こいつとならずっと楽しく付き合っていける気がする。

「ピィイイイッ！」

いきなりホイッスルが鳴らされた。当然やったのは問題児の彼女だ。

「はいはい、お二人とも！『ラブ協定違反』ですよ！」

俺は顔をしかめただけだが、真理愛《まりあ》はもっとひどい。眉間に皺《しわ》を寄せ、紫苑《しおん》ちゃんを頭のてっぺんから足のつま先まで舐《な》めるように見ていた。どう懲らしめようか考えているかのようだ。

「……前から気になっていたんですけど、紫苑《しおん》さんってちょっと無礼過ぎません？　モモがお仕置きしておきましょうか？」

「くすくす、お仕置きですか？　わたしは争う気なんてありませんけど、相手になってあげてもいいですよ？　天才のわたしに太刀打ちできるとは思えませんけどね！」

またこの子は地雷を踏むような真似《まね》を……。

ただまあ、この二人がぶつかった場合、俺がどっちに付くかは決まっているんだよな。

「おい、モモ。ちょっと聞かせたいことがあるんだが――」

真理愛《まりあ》と紫苑《しおん》ちゃんが対立するとなれば、俺は当然真理愛《まりあ》につく。

だって紫苑《しおん》ちゃんに俺、嫌われているし……辛《つら》く当たられているし……。一人でやり込めるには面倒くさい相手だが、真理愛《まりあ》というパートナーがいれば十分対応可能なはずだ。

フフフ、と悪い顔をしながら俺は真理愛《まりあ》に紫苑《しおん》ちゃんの弱点を語った。

「……なるほど、紫苑《しおん》さんは合理主義者ですが、白草《しろくさ》さんだけには激甘なんですね……」

「昨日も白草《しろくさ》の写真をちらつかせたら……」

「はいはい、なるほど！　さすが末晴《すえはる》お兄ちゃん、それは使える手ですね……」

「ピイイイイッ！　だから『ラブ協定違反』です！　お二人とも、前から言っているようにわたしの目の前でイチャつかないでもらえませんか？　それともそんなことすら守ることができないんですか？　お猿さんレベルの知能ですねぇ！　くすくす、可哀《かわい》そうですね～？」

俺と真理愛《まりあ》は顔を見合わせ、調子に乗る紫苑《しおん》ちゃんに向けてニマァ～と笑った。

「な、何ですか……」

「いえいえ、何でも。あ、もしかして紫苑《しおん》さんも見たいですか？　末晴《すえはる》お兄ちゃんのアルバム」

「はぁ？　いきなり何を言うかと思えば……。別に丸《まる》さんの写真に興味など微塵《みじん》もありませんが」

「モモ、昔の白草《しろくさ》さんがどんな感じだったか気になっていたんですよね～？　だって末晴《すえはる》お兄ちゃんって、白草《しろくさ》さんのこと、男の子って勘違いしていたんでしょう？」

「⁉」

紫苑《しおん》ちゃんの目が見開かれる。

「あ、でも、よく考えたらそんなのはどうでもいいですね。それより末晴《すえはる》お兄ちゃん、モモの写っているアルバム探しましょうよ。そういえば夕飯なんですが、紫苑《しおん》さんが作ってくれるんですか？」

「……一応、食材の準備はしてありますが」

「じゃあ明日の黒羽《くろは》さんのときに回してあげてください。今日はシェフを呼びますので必要ないです」

「シェ、シェフだとぉ……⁉」

いきなり出てきた聞き慣れぬ単語に俺は混乱した。

「以前星がつくほどのレストランでご馳走《ちそう》になった際、そこのシェフがモモのファンだと言ってくれまして。連絡先を交換していましたので聞いてみたところ、先ほど出張ＯＫとのお返事をもらいました」

そいつはすげぇ！　高級レストランのシェフが家に来て料理を作ってくれる⁉　なんて贅沢《ぜいたく》

なんだ……っ！

だがしかし気になることもある。

「お、おい、モモ……お金のことだが……」

「今日はモモのおごりです！　普段から贅沢《ぜいたく》しているわけじゃありませんから、そのくらいは大丈夫です。ご安心を」

「だ、だがな……」

貧乏性の俺としてはちょっとハイソサエティすぎてビビる。

「だって今日は特別な日じゃないですか？　末晴《すえはる》お兄ちゃんとモモが過去を見つめ直し、新たに踏み出す日。そんな大事な日を彩《いろど》る演出と考えれば、これくらいの出費は安いものです！」

……なるほど、そうか。確かに今日は特別な日だ。

特別な日には、特別なことを。そのことでより思い出深い日となり、後に笑って話せることになる。

なら――素直に甘えてしまおうか。

「わりぃな。今度また機会を見て礼はするから」

「楽しみにしています。それと、夕飯を作る時間が惜しかったたっていう理由もあります。これ、今日中に一緒に全部見たいので」

真理愛《まりあ》がリビングの傍《かたわ》らに置いていた包みを取り出す。カバンとは別に持っており、何だろうと思っていた代物だ。

「じゃ〜ん、〝チャイルド・キング〟全話を収録したブルーレイボックスです！」

「あ〜、なるほど。そういえば俺、自分で見たことなかったわ……」

俺、主役やっているから確か家に送られてきていたはず。でも何だか怖いもののような感じがして、包《ほど》みを解かずにどっかに置き——現在は所在不明だ。そんな有様《ありさま》なので実はこのドラマをきちんと見たことがない。

「全十話なので、オープニングとエンディング、次回予告を全部カットして、正味四十五分ってところでしょうか。だとすると七時間半程度……今が十七時なので、まあいろいろ含めても午前二時くらいまでには全部見られるかと」

「うわっ、何だか懐《なつ》かしいな……。小学生のころ、そういう一気見、時々してたわ……」

ドラマとかアニメとか、見出したら止まらなくなってやっちゃうんだよな。うちの場合、母が元々ドラマもアニメも好きだから、父や俺も一緒に……みたいなことをやっていた。

「お二人とも何をおっしゃってるのですか？　明日は月曜日ですよ？　それに夜の勉強は？　これだからおバカさんたちは困るんですよね！」

冷や水を浴びせてきたのは紫苑《しおん》ちゃんだ。

しかも珍しく正論。時折まともなこと言うんだな、この子。少し見直した。

「ふふん、さすがシロちゃん！　こういう展開を見越してわたしにアドバイスをくれていたなんて、やはりシロちゃんは世界を取れるな」

……なるほど。白草《しろくさ》の入れ知恵だったのか。見直して損したな。

「金曜日に試験終わったばっかだし、まあいいじゃん？　昨日、シロと一緒に勉強したから、最低限のことはしてあるし」

「毎日やることが大事なのだとシロちゃんを見て学ばなかったのですか？　まったくハエ男とアーパー娘がセットになると度《ど》し難《がた》いですね。シロちゃんが警戒するのも無理ないです」

「……別にあなたの許可は求めていませんよ、紫苑《しおん》さん。モモたちは勝手にやりますので、あなたもご勝手にどうぞ」

真理愛《まりあ》はあごに人差し指を当て、優雅に微笑《ほほえ》む。

「残念ですがシロちゃんから丸《まる》さんの勉強の監視を頼まれていますのでお断りします！」

「じゃあさっき話をしていた、白草《しろくさ》さんの小さいころの写真、見なくていいんですね？」

「っ……！」

ここで宝刀を抜いたか……っ！

さすが真理愛《まりあ》、ギリギリまで様子を見ていた。さっきアルバムの話を出した時点で抜くと思いきや、有効な手だということだけ確認し、相手の出方を見ていやがった。

「モモ、今、迷っているんですよ……。昔の白草《しろくさ》さんの写真を見るかどうか……。興味はあるのですが、早めに〝チャイルド・キング〟を見たいですし……ああ、勉強までしろと言われたら、さすがにアルバムを探す時間なんてなさそうですね……」

「うっ……くっ……」

紫苑《しおん》ちゃんが葛藤している。

その悔しげな表情を見て、真理愛《まりあ》がクスリと笑う。俺は真理愛《まりあ》の肩に手をかけた。

「まあまあモモ、紫苑《しおん》ちゃんが悩んでいるじゃないか。どうするか俺が決めてやるよ」

「末晴《すえはる》お兄ちゃん……わかりました。お任せします」

「じゃあアルバムを探すのやめようぜ。ドラマを見ながらアルバムも……と思っていたが、勉強をやれってうるさく言われるようじゃ、アルバムは諦めるしかないよなぁ」

「なっ⁉」

紫苑《しおん》ちゃんが絶句する。

俺と真理愛《まりあ》は視線を交わし、同時に勝利の笑みを浮かべた。

「ですよね～。わかっていましたよ、末晴《すえはる》お兄ちゃん」

「あ～、でもモモが写ったアルバムはきっとすぐに見つかるから、ささっと持ってくるわ」

「はい、お願いします」

「その隣にシロの写ったアルバムもあった気がするが……」

「まあ時間ないですし。確かめるの、面倒くさいですよね」

「わかってるなぁ、お前～」

「ふふ、末晴《すえはる》お兄ちゃんこそ～」

　俺たちがキャッキャウフフと盛り上がる横で、紫苑《しおん》ちゃんが震えている。

「あらあら、狂犬さん、どうしました？　先ほどまでの見たものすべてに吠《ほ》えかかるような態度と随分違ってませんか？　何でしたら負け犬さんの家に帰ります？　モモがタクシー呼んであげますよ？」

　おおう、真理愛《まりあ》の煽《あお》りの鋭さよ……。俺では到底及ばない語彙力……恐ろしい子だ……。

　その煽《あお》りに妙に共感してしまうのは、きっと紫苑《しおん》ちゃんの印象を見事に表現しているからだろう。

　白草《しろくさ》も紫苑《しおん》ちゃんも犬属性。根が融通の利《き》かない堅物だ。気に入った者にだけ尻尾を振り、他の人には見向きもしない忠義者。たぶん二人は根っこが近いから仲良くなったのだろう。

　そんな紫苑《しおん》ちゃんに対し『狂犬』というワードは秀逸だ。暴走して何をしてくるかわからない恐ろしさを見事に表している。

「……わかりました」

　振り絞るような言葉を、俺と真理愛《まりあ》はしっかり耳で捉えていた。

　俺たちはアイコンタクトですかさず意思を疎通。コンマ一秒で聞こえないフリをすることにした。

「あれれ～、モモにはよく聞こえませんでしたが～？　末晴《すえはる》お兄ちゃん、聞こえました～？」

「いや〜、別に〜？　紫苑《しおん》ちゃんが何か言ったかも〜、くらいしか〜？」

「ですよね〜？」

紫苑《しおん》ちゃんが奥歯を嚙《か》みしめ、震えている姿が最高に楽しい。

なので俺はトドメを刺すべく手を叩《たた》いた。

「はいはい！　紫苑《しおん》ちゃんの！　ちょっといいとこ見てみたい！」

「死んでくださいっ！」

「ぎゃっ！」

……さすがに煽《あお》りすぎた。

俺が首を伸ばしたところを脳天チョップ。強烈な痛みに俺は悶絶《もんぜつ》した。

「わかりました！　今日は見逃してあげますから！　アルバムをすぐに見せてください！」

「うふふ、チョロいですね。モモ、この人結構好きになってきました」

「くぅぅぅっ！　信じられません！　なんて煩わしい二人なんですか……っ！　一人だけでも耐えがたいのに、二人合わさると、もう……っ！」

「残念でした！　モモと末晴《すえはる》お兄ちゃんは最強のパートナーなんですっ！」

パートナー。

そうか、確かに真理愛《まりあ》とはパートナーっていう表現が一番しっくりくる。

年下だから妹というイメージはもちろんあるが、同じことを同じノリでやれる。演技しかり、こういう日常の行動しかり、だ。

黒羽《くろは》は俺の弱点を補完してくれる。白草《しろくさ》は俺の長所を活《い》かすことで助けてあげることができる。

しかし真理愛《まりあ》はまた違う。一緒に行動をすることで、一人でやるより大きな成果を出すことができる。

紫苑《しおん》ちゃんを一緒にやり込めるなんて、黒羽《くろは》と白草《しろくさ》は決してやらない。そういう意味では真《ま》理愛《りあ》が一番感性やリズムが近いのかもしれない。

今日一日ゆっくり過ごして、改めてそう思った。

完全勝利した俺たちはすぐにアルバムを持ってきて、紫苑《しおん》ちゃんに見せてあげた。

ドラマもすぐに再生を始め、シェフがやってきて料理を作ってくれている間も、基本はテレビの前でずっと見ていた。そして行儀が悪いかもしれないが、ソファーで見ながら最高に美味《うま》い食事を取り――トイレ休憩とお風呂《ふろ》休憩以外、ずっと〝チャイルド・キング〟を見ていた。

『悪いね、僕は〝キング〟になる男だ。ここで負けるわけにはいかないんだよ』

『くっ、覚えていなさい！　この天才デイトレーダー唐沢雛姫《からさわひなき》――二度目の負けはないから！』

見ていて思い出した。そういえばこの作品って、母との最初で最後の共演作ってだけじゃなくて、俺と真理愛《まりあ》が一緒に初めて主演を務めた作品でもあったんだなって。

言うなれば思い出の一作。それを怖いものとして封印していたのって、真理愛《まりあ》に対して失礼だったんじゃないだろうか。真理愛《まりあ》はたぶんずっと大切な作品だと思っていたはずだから。

そして――気づいたことがもう一つあった。

『ふふふ……ははははっ！　やった！　やったぞ！　僕が〝キング〟だ！　金、金、金！　ほら見ろ！　床が札束で見えやしない！　僕を貧乏だとバカにしたやつら、見ているか⁉　お前らにこれほどの金が手に入れられるか⁉　ざまあみろ！　僕を小学生だと侮《あなど》るからだ！　だが……まだだ！　まだ本命が残っている……っ！　ついにお前と対等なところまで来たぞ……っ！　母さんを殺したこと――死ぬほど後悔させてやるっ！　ははははっ！』

改めて自分の演技を見て、こんな迫真の演技ができていたのかと驚いた。

「末晴《すえはる》お兄ちゃん……やっぱり凄《すご》い……」

「えっ、これ本当に丸《まる》さんですか……？　小学生でこの演技って、嘘《うそ》でしょう……？」

最初はテーブルで勉強をしながらチラ見をしていた紫苑《しおん》ちゃんだったが、いつしかソファーに移動してがっつり一緒に見ていた。まあ、時折俺の顔を横目で流し見てため息をつくのは本当にやめて欲しいところだったが、ドラマは一応賞賛してくれているようなのでよしとしておこう。

楽しい時間はあっという間に過ぎ、ドラマは最終回。

クライマックスである最大の敵――叔父との対峙《たいじ》シーンとなる。

『叔父さん……僕は、母さんを殺したこと、そして名を隠して育ててくれていた父さんを殺したこと、この二つを謝って欲しいだけなんですよ……』

『……ふふふふ、愚か者が。謝るだと？　そんなことをする人間が〝キング〟になれるとでも思うのか！　弱者を踏みにじり、支配し、ひたすらに突き進む者だけが〝キング〟なのだ！　儂《わし》は死ぬまで後悔などしない！　罪を笑いながら地獄へ落ちよう！　どれだけ綺麗《きれい》に着飾っても、貴様も儂《わし》と同じだぞ──漣《れん》っ！　次は貴様がその存在となるのだ！　唯一無二の〝キング〟よっ！』

ビルの一室に警察が突入してきて、物語は締めへ。

すべてが終わり、待つ者のところへ帰ろうとビルから出た漣《れん》。

そこへ──

『うっ……』

誰かがぶつかってくる。その瞬間、腹に強烈な痛みが広がった。

漣《れん》が顔を上げると、叔父の息子──いつも漣《れん》をいじめてきた従弟《いとこ》の姿がそこにあった。

『うひひひっ！　全部！　全部お前のせいだ！　ボクは知っているぞ！　お前が卑怯《ひきょう》な手で父さんを嵌《は》めたんだ！　父さんが警察に捕まるなんてありえない！　だからこれは正義の鉄槌《てっつい》だ！　ざまあみろ、この悪党がっ！　あひゃひゃひゃひゃっっ！』

その場に崩れ落ちる漣《れん》。血が腹から噴き出し、地面を赤く染める。

巡る因果の中で漣《れん》の意識は落ちていく。

『……もう一度、彼女たちに……会いたい……もう一度……だけ……でも……』

『キャーーッ！』

耳をつんざくような悲鳴で暗転、そして物語はエピローグへ――

「悪い、ストップさせてくれ」

俺は停止ボタンを押した。横を見ると、真理愛《まりあ》も紫苑《しおん》ちゃんも泣いていた。

「ちょ、何をするんですか！　とてもいいところだったのに！」

紫苑《しおん》ちゃんからの意外なセリフに俺は思わず瞬《まばた》きをした。

「……わかってる。そんなにハマってくれてありがと」

「はっ、ハマってません！　バカじゃないですか！」

「でも泣いてるし」

「泣いてないですし！　本当ですよ！　全然泣いてないんですからね！」

と言いつつ、袖で涙を拭う姿がちょっと笑えた。

「止めたのは、この後の男優の演技に引っ張られたくないと思ってさ。俺はずっと、過去の自分を見てきた。その過去から今に繫《つな》がるようにしなきゃいけない。哲彦《てつひこ》は真エンディングなんて言ってたけど、俺にとっちゃ過去の自分との闘いだってことに今更ながらに気がついたんだ。だから――悪い。一回止めさせてくれ。俺がいなくなった後、続きを見てくれていいから」

「モモも、ここでやめにします」

真理愛《まりあ》が立ち上がった。

「モモも真エンディングで演じなきゃいけないので、末晴《すえはる》お兄ちゃんと同じ気持ちです。もちろん、過去の自分やこの先を演じた女優さんなんて、軽く超える自信はありますけどね？」

「……わかりました。ならばわたしも見ません」

紫苑《しおん》ちゃんは散らかったお菓子のクズを片付け始めた。

「──でも、最高のエンディングを作ってください。……一応、ここまで面白かったことですし」

素直じゃない彼女からこんな言葉が出てくるとは思わなかった。

俺は視線で真理愛《まりあ》に語りかけた。

燃えてくるな、と。

真理愛《まりあ》は何も言わずに頷《うなず》いた。

それだけで理解し合えたと確信できた。

そうだ、俺たちの間には時折言葉はいらなくなる。

だって俺たちはパートナーなのだから。

第四章　おさかの

＊

土曜日に白草《しろくさ》が宿泊し、日曜は真理愛《まりあ》が宿泊して世話をしてくれた。

そして今日月曜は放課後、黒羽《くろは》が泊まりに来ることになっていた。

「あ〜、何だか久しぶりにゆっくりできている気がするわ」

昼休み、中庭。

俺は家から持ってきたサンドウィッチを片手につぶやいた。

今日は休み時間に真理愛《まりあ》が押しかけてこなかったし、黒羽《くろは》と白草《しろくさ》も何というか普通な感じだった。おかげで哲彦《てつひこ》とのんびり二人で昼食を取っていられる状況だった。

「ん？　何だ、末晴《すえはる》。やたら美味《うま》そうなカツサンドだな。真理愛《まりあ》ちゃんのお手製か？」

「いや、真理愛《まりあ》が呼んだシェフが作ってくれた」

「……今日は中庭に来てよかったな。教室だったらその一言だけで殺されてたぞ」

「確かに……」

あぶねー。別に隠す必要もないことだと思っていたからポロっと話してしまった。

シェフという単語も贅沢感《ぜいたくかん》を漂わせて危険だし、『真理愛《まりあ》が……』と言ったら、日曜なのに家に来ていたのか!?　と問い詰められる展開となる。

すげー、普通に生きているだけでどんだけ地雷だらけなん？　贅沢《ぜいたく》な状況にあることを自覚しなきゃな……。

「そういや例の週刊誌の火消しだけどな、かなりうまくいっているぞ」

対処すると言って数日だが、もう成果が出ているとは……。

「びっくりするくらい早かったな。確かに昨日モモと検索してみたら、週刊誌が相当叩《たた》かれていたが……そのせいか」

「テレビ局がスルーしてくれているのが助かっているな。ワイドショーで取り上げられていたら、さすがに抑えきれていないと思う」

「さすがコレクトが味方に付いているだけはあるな」

テレビ局が集まってできたコレクトジャパンテレビの力はさすがといったところか。

「ま、あと今回はこっちに大義名分があるってのもデカかったな。お前、まだ未成年だし」

「それは納得」

「だがまだ火種はくすぶっている感じだ。完全に世論をコントロールなんてできはしねぇしな。ネタ自体はかなり興味を引いているから、続報を求める声もある。だからドキュメンタリーを早めにアップして収束させる必要があるな。あんまり時間を与えると、あのクソ社長がまたどこで火をつけて回るかわかんねぇぜ」

今回、ドキュメンタリーの制作は俺、黒羽《くろは》、白草《しろくさ》、真理愛《まりあ》でやっているから、哲彦《てつひこ》は完全にバックアップに回っている。

ま、週刊誌への反撃や企業との交渉は哲彦《てつひこ》向きの仕事だし、任せるのがベストだろうということになっていた。

「瞬《しゅん》社長の関与、確定したのか？」

「してねぇけどオレは確信している」

瞬《しゅん》社長と哲彦《てつひこ》って絶対因縁あるよなぁ。聞くとごまかすから証拠はないけど。

俺は哲彦《てつひこ》の言葉を聞いて、瞬《しゅん》社長黒幕説は確定だと感じていた。

哲彦《てつひこ》の瞬《しゅん》社長への異常な執着と断言っぷり。これらを考慮し、哲彦《てつひこ》の判断は合っていると直感したからだ。

「シロとモモの分の映像は受け取っているか？」

「ああ、編集のプロに回している。出来次第データを送るからそのときは急ぎ確認してくれ」

「おう。今日のクロの分が順調に済めば、どのくらいにアップできる？」

「ま、ざっと十日後くらいだな」

さすがプロ。まだ沖縄《おきなわ》旅行のＰＶを哲彦《てつひこ》が編集できていないのに、この速度か。

とはいえ、プロは俺たちが学校に行っている間にも作業を行っているわけで。腕もあるし、仕上げが段違いに早いのは当然だろう。

「真エンディングは？」

「そっちは今度の土日に撮影することで動いている。コレクト側の希望としては、ドキュメンタリーと同時のタイミングで上げたいって言ってるんだが、いいか？」

「真エンディングが間に合えば構わねぇよ。そういや俺とモモ以外の役者は誰になるんだ？そんなスケジュールで用意できるのか？」

俺はサンドウィッチを頬張った。

真エンディングでは主人公である漣《れん》は六年後に目を覚ます。

そこにいるのは幼なじみの少女、漣《れん》が窮地を救った令嬢、そしてデイトレーダーの少女の三人だ。デイトレーダーの少女は元々真理愛《まりあ》がやっていたので、役を引き継ぐのは当然だろう。

問題は幼なじみの少女と漣《れん》が窮地を救った令嬢。この二人が誰になるか、だ。

「コレクトでは当時の子役を使い、全員が成長した姿でやりたかったそうなんだが――」

「ん？　無理なのか？」

「一人は今、スポーツ選手を目指していて、あまり騒がれたくないと言って断ったそうだ。もう一人は芸能界を引退していて連絡がつかなかったらしい」

「おおう、マジか……。じゃあどうするんだ？　人気のある女優でも使うか？」

「それなんだけどな、さすが動画配信で世界で戦おうって会社は頭柔らけぇわ。残り二人の女の子に志田《しだ》ちゃんと可知《かち》を指名してきたわ」

「……はぁっ⁉」

おいおい、いいのか？　それは柔軟というより無謀に近いんじゃないのか？

「適当な女優使うよりずっと話題性あるもんな。ほら、まだこの前のCM勝負のイメージが残ってるし。演じる時間で言えば、アシッドスネークのMV《ミュージックビデオ》より短いしな」

「まあ、先方がいいって言うならいいが……。でも二人は……特にクロは受けるかな……」

CM勝負の際、白草《しろくさ》は積極的に出演してくれていたが、黒羽《くろは》はしぶしぶの参加だった。元々黒羽《くろは》は目立つことを喜ぶどころか避けたいと考えるタイプだし、役者にも興味はないのだ。

「つーことで、末晴《すえはる》。これ、渡しておいてくれ」

哲彦《てつひこ》は脇に置いていた手提げ袋から二冊の台本を取り出した。

「お前の分と志田《しだ》ちゃんの分な。どうせ今日、ドキュメンタリーの撮影に行くだろ？　そのときにでも渡して、ついでに説得しておいてくれ」

「全部丸投げかよ……」

「オレはちゃんと企業と交渉してるぜ？　演技と女の子の説得はお前の役目。だろ？」

「まあそうなるよなぁ」

別に明確な役割分担を決めていたわけじゃないが、考えれば自然とこうなる。

「ただ俺はクロに無理強いはしないからな？」

「ま、その辺はお前に任せるわ」

これは別に黒羽《くろは》だけじゃない。俺は他のメンバーに対しても、本人が了解しないなら演技をさせるつもりはない。演技は嫌々やるものじゃないと思っているからだ。

特に動画にして世間に公開するなんて、顔が広まってしまうリスクがある。そんなもの本人が納得せずにやることじゃないだろう。

ただ哲彦《てつひこ》の表情を見ていると——黒羽《くろは》は受けると確信しているようだった。

「クロが受けなかったら？」

「ま、適当に代役探すから気にすんな。たぶん大丈夫だと思うがな」

「なぜわかる？」

「別にわかってるわけじゃねぇよ。ただ仲間外れは誰でも嫌なもんだよなってだけさ」

役を受けないだけで仲間外れになるような状況ではないと思うが——まあとりあえず黒羽《くろは》に聞いてみるとしようか。

＊

あたしはハルが好き。

それがいつからかははっきりと覚えていないけれど、小学校の低学年くらいには抱いていた感情だと思う。

理由は探せばいくらでもある。

何となくウマが合うからとか、話していて楽しいからとか。四人姉妹の長女に生まれたせいで両親に甘えられなかったあたしが、唯一甘えられる相手だったとか。

でも違うの。

一番の理由は――〝理由なんてない〟だ。

恋に計算は通用しない。『顔が良《い》い』とか『頭が良《い》い』とか『運動ができる』とか、それで好きになるのは否定しないけれど、それだけで人が人を好きになるとは思えない。もっと心の深いところにある感情が求めるもの――それが恋だとあたしは思っている。

あたしがハルを強く求め、ハルが強くあたしを求めたのはいつだったか。

それを思い出してみると、きっとハルが芸能界を事実上の引退に追い込まれたときのことだと思う。

ハルは小学二年生までは周囲とまったく変わらない普通の子だった。まあおバカで目立つほうではあったけれど。

問題も起こすがムードメーカー的な存在で、周囲から好かれていたと思う。

あたしは委員長的な役割をすることが多かったから、立場的には対立していた。しかし二人で組むとクラスが収まることから、先生からセットで頼まれ事をされることが多かった。もうこの時点で阿吽《あうん》の呼吸みたいなのができていたと思う。

ハルは小学三年生のときにデビューした。しばらくは大した役もなかったけれど、四年生で主役に抜擢《ばってき》された〝チャイルド・スター〟からは事情が一変した。

学校にあまり来なくなったし、来たら来たで隣のクラスからも人が押しかけたりしてハルは困っていた。

ハルは役者であるときはともかく、プライベートでは『格好をつける』ということが昔から苦手だった。ハルはどのクラスにも一人はいる典型的な〝面白い男の子〟なのだ。

『格好をつけるのが恥ずかしい』

『面白いことをしてみんなを笑わせるのは楽しい』

『チャンスがあれば積極的にウケを狙っていくべき』

と考えている節があり、いい言い方をすれば『気取らない性格』だ。

なので人に褒められると――

『ふはははっ！　おう、すげぇだろ！』

みたいな感じで最初は調子に乗るものの、しばらくすると居心地の悪さを感じて、

『あ、いや……ま、まあたいしたことないって。それよりドッジボールしようぜ！』

と褒められることを拒否してしまうところがあった。

『せっかく褒めてやってるのに』

みたいなことを言う同級生もいたが、ハルをわかってないから出る言葉だ。ハルは根本的に褒められることが性に合っていない。ハルはみんなに褒められたいのではなくて、一緒に楽しくやりたいだけなのだ。

そのためか、ハルはスターとなってから段々と周囲との壁を感じ始めていたようだった。注目され、羨望《せんぼう》の的になるというのが気持ち悪かったのかもしれない。

そうして少しずつ、孤立していった。

ただし元々仲が良かった同級生については弁護の余地がある。友達がスターになってしまい、どう接すればいいかわからなくなってしまったのだ。

友達なので手放しに褒めるのも変だし、かといって凄《すご》すぎる成果に触れないわけにもいかない。前と同じように接していいのかわからず、戸惑っている間に興味本位の人間がどとうの如《ごと》く押し寄せてしまった。なので元々仲が良かった同級生は、ハルが事実上の引退をした後、関係を再構築して再び友達になったというパターンも多い。

しかし再び友達になったのは、中学生以後のことだ。

小学五年生のときにお母さんが死に、中学に上がるまでの一年ちょっと。この間のハルは急速に人嫌いとなり、元々孤立していたこともあって、誰も声がかけられないような状態となっていた。

『ざまあみろ。調子に乗ってたからだ』

『感じ悪っ。この前話しかけてやったら、どっか行けとか言ったんだぜ？』

『テレビの中ではカッコよかったのにね〜。なんでやめちゃったんだろ〜』

そんな無責任な言葉がハルに降り注いでいた。

これはハルのお母さんの死を口外しないことになっていたのも影響している。学校で口にすることで、話が回りまわって広まってしまい、〝チャイルド・キング〟の映像ソフトが発売中止になることをハルは恐れていた。

『ハル、もう少し優しい口調にしてくれない？　怖がってる女の子もいるんだけど』

『別にどうでもいいだろ。褒められたって、怖がられたって、同じだ』

教室であたしが話しかけてもこんな有様《ありさま》だった。

それほどまでにハルは傷つき、憔悴《しょうすい》し、孤独になっていた。だからあたしはむしろ積極的に関わった。

『それはわかったけど、委員会をサボるのはありえないから！』

『だぁ〜、わかってるって！』

ありがたいことにハルはあたしに対してはあまり変わらずにいてくれた。

他にもハルがほとんど変わらず接していた数少ない例外がある。

それは――妹たちだった。

『おおい、スエハルっ！　キャッチボールしようぜ！』

『はる兄さんはお父さん役、やってもらっていいですか？』

『ハルにぃ、すうどく、しょうぶ』

『……ったく、しょうがねぇなぁ』

あの子たちはハルがスターになる前も後もまったく態度が変わっていなかった。というか、スターとか理解できる年齢ではなかった。それがむしろよかった。

あとこれはあたしの勝手な推測だが、元々ハルはどれほど心がすさんでいても純真な年下に当たり散らすような横暴な性格じゃないのだ。そういう優しさをハルは持っている。

すさんでいるころのハルはよくうちに来ていた。ハルのお母さんが亡《な》くなり、ハルのお父さんが猛烈に仕事を入れるようになったせいだ。

今ならわかるが、とても悲しかったのだろう。積極的に入れた仕事が子供たちに交通事故の恐ろしさを教える『交通事故の現場を再現するスタントマン』であったことから、それは明らかだった。

ハルのお父さんとうちのお父さんは幼なじみで親友同士だった。お母さん同士も仲が良く、家族のような付き合いがあった。なので家で一人になってしまったハルがうちに来るのは当然の帰着だった。

妹たちの相手をしてくれていたのは夕飯前後の空いた時間だ。

『うおおっ、ヤベッ！　アカネ、めっちゃはええっ！　数独ってそんな速さで解けるのか⁉』

『できた』

『凄《すご》い、あかねちゃん！』

『きゃはは、スエハルのやつ、四つも年下のアカネに負けてやがんの～！』

『うっせぇ、ミドリ！』

妹たちと楽しくやっているハル。

学校で孤立しているハル。

スターとして賞賛されるハル。

引退して落ち込むハル。

あたしだけがすべてのハルを見ていた。いいところも悪いところも、希望も絶望も、あたしは全部知っている。

幼なじみ、だから。

ハルのお父さんだって学校のハルは知らない。あたしが一番ハルを知っているのだ。

もしあたしが知らないハルがあるとすれば〝役者としてのハル〟だけ。なのであたしは役者の才能があって凄《すご》いと思いつつも、積極的に応援していなかったのはそれが理由だ。

独占欲かもしれない。置いていかれる感じがあり、寂しかったのかもしれない。

周囲はハルが芸能界を事実上引退してがっかりする人ばかりだったが、実はあたしはホッとしていた。知っているハルに戻ってくれた。そんな風に感じていた。

なのであたしは密《ひそ》かに寄り添い、できる限りハルをサポートしていたつもりだったが、ハルは段々とうちに寄りつかなくなっていった。

『ハル、何でうちに食べに来ないの？』

『何だか悪いし……』

『別にいいのに。じゃあ夕飯は何食べてるの？』

『適当。ハンバーガーとか、牛丼とか』

『バカ。いいから食べに来なさい。栄養バランス悪いでしょ』

『いてでっ、わかったたって！　だから耳引っ張んなって！』

少しずつ距離を置こうとしているハルが心配だった。でも何かと理由をつけてうちに引っ張ってくるのが精いっぱいだった。

これが幼なじみの——限界だった。

幸いハルは孤立しても非行に走ることはなく、小学校生活は終わりを告げた。

あたしとハルの間に大きな変化があったのは中学への進学を控えていた春休みのことだった。

発端はあたし。お母さんが仕事を再開することになったのが原因だった。

元々お母さんは看護師だった。子供が四人もできたのでやめてしまったが、子供たちが大きくなれば復帰するつもりだったのだという。あたしが中学生になるタイミングがちょうどいいと判断し、無事近所の病院で採用されたとのことだった。

『これから忙しくなると思うから、いろいろと頼むよ、黒羽《くろは》』

お母さんの何気ない一言に、あたしは爆発した。

『どうしてあたしだけが頼まれなきゃならないの！　あたしだってこれから部活や勉強で忙しくなるのに！　長女だから⁉　それならあたしだって、妹に生まれたかった！』

今まで自覚せず積もりに積もっていた不満。それがお母さんの不用意な一言で噴き出したのだった。

『もういい！　知らない！』

あたしは家を飛び出した。生まれて初めての家出だった。

とはいえ、大人の言うことを素直に聞いて育ってきたあたしはいきなり遠くへ行く勇気はなかった。

まず家を出てすぐの塀の陰に隠れ、お母さんたちが追ってくるか探った。

十五分様子を見たが、追ってこなかった。あたしはさらにブチ切れた。

『お母さんのバカ……っ！　ふんっ、悪い子になってやるんだから！』

それがあたしにとっての精いっぱいの反抗だった。

かといって優等生なあたしはどうすれば悪いことができるかすら思いつかなかった。

だから――ハルの後をつけることにした。

ほぼ毎日夕食時になるとハルが外出していることは把握していた。ただどこへ行っているかは知らない。なのでこっそり付いていって一緒に悪い子になってやろう、と考えたわけだ。

これはハルを信頼しているからできることだ。ハルが犯罪に手を染めたり、他人を怖がらせるような行為をしたりしていないと確信しているからそんなのんきなことが考えられる。あたしにとって『夜暗くなっても家に帰ってこない』という行動自体が『悪い子のすること』であり、それならば許容できたからこそ、『ハルと一緒に悪い子になる』という発想に繋《つな》がったのだ。

いつものハルなら一時間以内には出てくる。もし出てこなければハルの家に直接押しかけてみよう。そんなことを思いつつ、ハルの家の前で張っていた。

するとしばらくして、リュックを背負ったハルが出てきた。あたしにはまったく気づかず、駅のほうへ向かっていく。

ハンバーガーショップで夕食かと思いきや、ハルは持ち帰りを選んで出てきた。

そんなものを持ってどこへ行くの？　ゲームセンター？　それとももっと怪しいところ？

あたしは家出の心細さも忘れ、いつしか楽しくなっていた。何だか探偵になった気分だった。

『あれ……？』

ハルは駅から離れていき、あたしたちの家とは違う方角に歩いていく。住宅街に入り、さらに進む。そうしてたどり着いたのは神社だった。

住宅街の中にポツンと小さな丘がある。神社は丘の中腹にあり、すぐ横には小さいが公園もある。

ハルは階段を上って鳥居を越えた。そして社殿に向かうと思いきや——木々の中に入っていった。

『えっ……っ⁉』

すでに辺りは暗くなりかけている。なのに明かりもない林の中に入るなんて、完全に慣れた行動だった。

あたしは慌てて追った。ハルはどんどん道なき道を進み、見えなくなっていく。

『ハル……っ！』

あたしは思わず叫んでいた。

ハルが立ち止まり、振り返る。

そしてハルはあたしの顔を見て——

『げっ』

とつぶやいた。家出をしてきて吹っ切れていたあたしは、あっさりブチ切れた。

『げっ、とは何よ！　げっ、はないでしょ！』

『うわぁ……』

ハルはドン引きしつつも逃げはしなかった。

『ハル！　ここで何してるのよ！』

『それはこっちのセリフだろ、クロ！　つけてきてたのか！』

痛いところを突かれたが、あたしは開き直ることにした。

『何⁉　悪いの⁉』

『いや、悪いとは言ってないが……』

『それで、何をしようとしてたの⁉　教えないと帰らないんだけど⁉』

『何でだよ⁉』

『どうでもいいでしょ⁉』

静寂な神社の林にあたしたちの声が響き渡る。おかげで丘の下の公園にいた大人が、見上げて何やら話しているのが見えた。

『ヤバっ……クロ。わかったから声のトーン落としてくれ。連れていくから』

『最初からそう言えばいいのよ』

ということであたしはハルに林の奥へと案内された。

そしてその先にあったのは――

『洞穴……？』

『へへっ、秘密基地だ』

ハルがリュックからランタンを取り出す。

『誰かを連れてくるの初めてだから、絶対言うなよ』

『……わかった』

洞穴の入り口は狭い。小学校を卒業したばかりのあたしたちでもしゃがまなきゃいけないほど。でも少し進むと立てるくらいには広くなった。

『たぶんここ、昔防空壕《ぼうくうごう》に使っていたと思うんだよな』

『あっ、わかる。結構広いし。地面が踏《ふ》みならしてあるよね？』

『ああ。あと、ここを見て何となくな』

一番奥にたどり着いた。

広さ的には四畳くらいだろうか。ここに来るまでの距離は約五メートルくらい。それだけでも随分部屋って感じがする。

すでにハルはいくつか物を持ち込んでいた。

地面にはゴザが敷いてある。ゴザの四方に置いてある重しは本だ。

えっ、つまりこれって……。

『もしかしてハル、うちにあまり来なくなったのって、ここに来てたから？』

『……まあな』

確かにこういうことに興味がないあたしでもワクワクするシチュエーションだった。冒険が大好きなハルにとってはたまらない場所なのだろう。

『とりあえず座れよ』

ハルは靴を脱いでゴザの上に胡坐《あぐら》をかいた。あたしは何となく汚い感じがして、靴を履いたまま端っこに腰を下ろした。

『ハルさ、どうしてここに？』

『ん？　実はこの洞穴、ずっと前に子供会で神社の祭りの手伝いに来たときに見つけてたんだ。んで、ちょっと前にここのこと思い出して、少しずつ改造してるんだよ』

『意味が違う』

『？　どういうことだ？』

『ハルには自分の家があるのに、どうしてこんな狭いところにわざわざ来るの？』

ランタンで照らしていても暗いし、肌寒い。いくらワクワクするシチュエーションといっても、家にいるよりずっと居心地が悪く、何度も通うような場所じゃない。

ランタンの赤みがかった明かりがハルの横顔をぼんやり照らす。いつもより大人びて見えて、鼓動が高鳴った。

しばらく押し黙っていたハルは、ふいにハンバーガーショップの袋からコーラを取り出した。

『なんか、言うの恥ずかしいんだけど』

ストローで吸い、ほっと息を吐く。氷が紙コップにぶつかる音がした。

『家が、怖くて』

『……え？』

思いもよらぬ言葉に、あたしは絶句した。

『家が広すぎて。誰もいないのが、何となく怖くて。ここに来ると落ち着くんだ』

『じゃ、じゃあもっとあたしの家に来ればいいじゃない！』

『それはちょっと……』

『どうしてよ⁉』

『……逆に賑《にぎ》やかすぎて、家に帰ったときの反動がちょっと辛《つら》い』

あたしは自分の無知さ加減が嫌になった。

ハルの心の動きは、聞かされてみれば当たり前のことだ。全然思いが至らなかったあたしがバカだった。

『ごめん……まったく気がつかなくて……』

『お、おいっ、泣くなよ⁉』

だって泣けてしまう。

誰よりも近くて、家と学校、唯一自分だけが両方のハルを知っている存在だと自負していたのにこの有様《ありさま》だ。

過信し、好きな人が一番苦しんでいることをわかっていなかったなんて、自分で自分を八つ裂きにしたいほどだった。

『そ、それよりクロはどうして俺をつけてきたんだ？　おばさんに探れって言われてたのか？　俺、おばさんにバレないよう、部屋に電気つけたまま来てたんだけどなぁ……』

あたしの予測としては、たぶんうちのお母さん、ハルがここにいるの気がついてた。だから放置していたのだ。もし駅前で危険な人と遊ぶような事態になっていれば、すかさず止めていたんじゃないだろうか。

ああ、ということは、おそらくハルの孤独を理解していたんだ。

うわっ、だとするともしかしてあたしの行動も全部読まれてる？　一人で非行に走る根性もないからハルに付いて行こうとするってところまでバレてそう。あ、だから家出しても追ってこなかった？

……大人って恐ろしい。

『どうした、クロ？』

『ううん、何でもない。あたしがハルを追ってきたのはね、実は家出をしたからなの』

『はぁっ!?　クロが家出!?　えっ、何!?　あ、わかった！　お前、作った飯を無理やり妹に食わせたんだろ！　それで病院送りにして、居心地悪くなったとか？』

『ぶっ飛ばすよ？』

何がわかった、よ！　まったくわかってないじゃない！

『……違うとしたら何なんだ？　お前、優等生だもんな。親を困らせるようなことをするのって初めてじゃないか？』

『……実はお母さんが働き始めるって言い出して』

ハルが辛《つら》い思いをしているとわかったばかりで愚痴るのは情けなかったけれど。それでも聞かれたらつい怒りを思い出してしまい、一気に家出の経緯を話していた。

『まあお前、昔からお姉ちゃんしてるもんなぁ。その分割を食う部分多いの、俺も見てたし。不満が溜《た》まるのも無理ないって』

『……ありがと。でもいいの』

『へ？』

あたしがいきなり譲歩してハルは戸惑ったようだ。

でも本当にいいのだ。ハルの話を聞いて、そういう気持ちになってしまった。

『だって先に生まれてきたのは変えられないし。別にお姉ちゃんやるの嫌いじゃないし。妹たちは可愛《かわい》いし。ハルの悩みに比べたらバカバカしい、むしろ贅沢《ぜいたく》な悩みなんだなって思っちゃった』

ハルの苦しみは家族を失ったことによるものだ。一方、あたしの悩みは家族が多くてうっとうしいってレベルの話。重さのレベルが全然違う。

『別に俺の悩みと比べるもんじゃないだろ』

『でもいいの。ありがとね、ハル』

そう言うと、ハルは両目を見開き、突如顔を背けた。

『バカ。お礼を言うのは俺のほうだろ……』

『――えっ？』

ハルは背中を向け、顔を隠しつつ話を続けた。

『俺、荒れてクロに嫌なこと言ったこともあったけど、クロがいてくれたおかげで助けられてた……。クロがいなかったら俺、きっといじめられてたと思う……。いつも声をかけてくれて、いつも気にかけてくれて、本当に感謝してる……。むしゃくしゃしてもクロが嫌な顔をすると思ったら、バカなことできなかった……。たぶん今、俺が何とかやれてるのは、クロがいてくれたおかげだ……。本当にありがとな……』

あたしの目から涙が溢《あふ》れた。

――あたしの気持ちは届いていた。

そのことが嬉《うれ》しくてたまらなかった。

妹たちにどれだけ優しくしても当たり前のことと受け止められてしまう。世間ってそういうものだ。いくら優等生と言われるほど気配りしても、心の底からお礼を言ってもらえることなんてまずない。

でも――ハルの言葉は――あたしの今までの頑張りを全肯定してくれた。あたしが注いだ想《おも》い以上のものを感じ取ってくれていた。

(嬉《うれ》しい！　嬉《うれ》しい！　嬉《うれ》しい！　嬉《うれ》しい！　嬉《うれ》しい！)
あまりの嬉《うれ》しさに、泣けてきた。
『バカ、何泣いてるんだよ……』
ハルが悪態をついてくる。あたしは涙を拭い、言い返した。
『ハルだって泣いてるじゃん……』
『別にいいだろ……』
『うん、別にいいね……』
絆《きずな》がそこにあった。
互いが互いを支え合い、力になっている実感があった。
写真なんてなくていい。日記もいらない。今の気持ちを覚えてさえいればいい。
特別な繋《つな》がりがあると実感した、例えようもない高揚感。
それこそが最高の思い出だった。

ジャネーの法則――というものがある。
『生涯のある時期における時間の心理的長さは年齢の逆数に比例する』というもので、十歳にとって一年は人生の十分の一だが、五十歳にとって一年は人生の五十分の一に相当するという説だ。

あたしがハルと過ごしてきた時間は、生まれてからずっと。それをジャネーの法則に当てはめると、八十歳の寿命と仮定した場合、ハルとあたしは体感時間で人生の半分以上を共にしていることになる。びっくりすることに、ジャネーの法則で言えばあたしとハルの付き合いはすでに熟年夫婦にも匹敵する長さになるのだ。

子供のころの体験がやけに強く印象に残っていたり、幼友達のほうが一生付き合えたりするっていうのは、思い出の密度が濃いからという面もあるのだろう。

幼なじみはきっと、密度の濃い思い出を共有している。

人生を左右するほどの喜びや悲しみを共有している。

思い出は永遠に変わらない。

それと同様に、幼なじみも永遠なのだ。

*

俺は放課後、懐《なつ》かしの秘密基地に案内された。中学校に上がる前の春休み以来来たことがなかったこの洞穴は、誰かが悪さをしたのか入り口が鉄柵で封じられていて、時の経過を感じさせた。

黒羽《くろは》がカメラを回す中、俺はここに来ていたときの状況や心境を語った。

そして思い出す。あのとき、どれほど黒羽《くろは》に支えられていたか、を。

黒羽《くろは》がいなければ俺はとっくに非行に走り、復帰どころか、まともな学校生活さえ送ることができなかっただろう。

やはり黒羽《くろは》は最高の親友であり、恩人なのだということを改めて俺は実感した。

「いつもありがとな、クロ」

俺は生え広がる枝を手でどけながらつぶやいた。

今は洞穴からの帰り道。陽《ひ》が落ちてきているし、足場が悪く、結構危ない。昔はすいすい歩いていたのに、時間の経過とは不思議だ。随分勝手が違っていた。

「感謝してくれるんだ」

「当たり前だろ。普段からしてる」

「でもあまり言ってくれないし」

「こういうのって、言うの恥ずかしいだろ？」

「いつも言ってくれればあたしはもっと上機嫌でいられるのに」

「いつも言わないから価値が出るんだよ」

「屁理屈《へりくつ》」

「かもな」

木々の間を抜け、神社に出た。

丘から見る夕日はとてもまぶしくて、同時にとても懐《なつ》かしかった。

「ハル、さ……大事な話があるの」

いきなりのセリフに驚いた。言葉の響きだけで緊張感が漂ってくる。

俺は思わず声を震わせた。

「だ、大事な話……？」

「うん、そう。とても大事な話」

振り返り、黒羽《くろは》の表情をうかがった。

真剣な顔だった。冗談を言う雰囲気は微塵《みじん》もない。黒羽《くろは》は、本当にとても大事な話をしようとしているのだ。

そうなれば俺も覚悟して聞かなければならない。冗談ではぐらかして逃げるのは失礼だ。

とはいえ。


ドグッ、ドグッ――

心臓が早鐘を打つ。血液が全身を駆け巡り、指先にまで伝わっているのがわかる。
大事な話――意味深なセリフだ。否応《いやおう》なく様々なことを考えてしまう。

頭の中はパニックだ。つい『もしかしたら』を考えてしまう。そして『もしかしたら』が実際にこれから起こるのではないかと妄想は広がっていき、緊張はさらに高まっていく。

喉が渇いた。でも心臓がうるさすぎて、水を飲む気にすらなれない。

「あのね、ハル――」

黒羽《くろは》はそっとクローバーの髪飾りに触れ、覚悟を決めた瞳を俺に向けた。

「――大好き。恋愛の相手として、あたしはハルが好き」

っ――

『もしかしたら』が現実になってしまった。

黒羽《くろは》からされた、二度目の告白だ。

（うっ……うおおおおぉぉぉぉっっっっっっ！）

俺は心の中で絶叫していた。

こ、これは現実なのか……っ！　本当の本当にまた告白されるなんて……っ！

「ゴホッゴホッ！」

あまりのことに咳《せ》き込《こ》んだ。

酸素が足りなくて苦しい。意識が飛んでしまいそうだ。

う、嬉《うれ》しい！　嬉《うれ》しいに決まっている！　だって〝好きな子からの告白〟なのだから！

黒羽《くろは》は濡《ぬ》れた瞳で俺を見上げている。

嬉《うれ》しくて、嬉《うれ》しくて――


――ヤダ。


でも嬉《うれ》しさだけじゃなくて。

いろいろな思いが駆け巡りながらも、俺はまずこれだけは言わなければと思い、口を開いた。

「じゃあどうして……俺を振ったんだ？　クロ」

文化祭閉会式に行われる生徒会主催のイベント――通称〝告白祭〟。

全校生徒の前で俺は振られた。

今、告白してくるなら、なぜあのとき断ったんだ、ということになる。

「ハルが、あたしを振ったから」

「……復讐《ふくしゅう》ってことか」

「そうだね。そう言っていいかも。だって――」

黒羽《くろは》はぎゅっと手を握りしめ、暴風のごとく吐き出した。

「だって！　あたし、ハルのこと大好きなのに、ハルはごめんって……っ！　悲しくて、悔しくて、何とかしたくて！」

「俺のことが憎いのか？」

「憎いよ！」

黒羽《くろは》は言い切った。

「でも――それ以上に好き！」

強い気持ちがダイレクトに胸に届く。

申し訳なさと喜びが混ざり合って俺の鼓動を激しくさせる。

「告白祭で断っちゃったのは、つい、なの。魔が差した、とでも言えばいいのかな。でもそんなのって、ハルにとっては納得できないでしょ？」

ううっ、まあ確かに……魔が差したにしてはちょっとダメージがデカすぎだった……。

「こんなの言い訳のしようもないじゃん！　そんな程度のことでみんなの前で恥をかかされたってわかったら、ハルは――あたしのこと嫌いになっちゃう……」

遠回りをたくさんして、ようやくわかった。

これが黒羽《くろは》の心の奥にあったものだ。

だから懸命にごまかそうとしたり、別の方法で好意を伝えてきたり、仕切り直そうとしたり、様々なことをしてきた。

「お、俺はさ！　クロが本心を語ってくれないから、よくわからなくなってさ！」

誰よりも知っているると思っていたのに。誰よりも通じているると思っていたのに。

「さっきの洞穴の思い出みたいに、俺はクロに苦しいとき助けてもらっていて！　感謝することがたくさんあって！　クロは親友で、姉で、相棒で、お隣さんで！　でもそれだけじゃなくて――」

何だか言いたいことがよくわからなくなってきた。

いろんな想《おも》いが渦巻き、しかもその一つ一つがあまりに大きくて抱えきれない。

たくさんの感謝と、たくさんの好きと、たくさんの混乱と。

それらを脳内で暴走させたまま、俺は叫ぶ。

「だから、わからないことが辛《つら》くて、悲しくて……。俺は、クロの本心がどうであっても、素直にぶつけて欲しかった……。だからさ、今、ちゃんと本心を言ってくれて、俺は何よりもまず、それが嬉《うれ》しい……」

涙が溢《あふ》れた。

自分でも何で泣いてるんだって思った。でも涙が止まらないからしょうがない。

涙は心の汗って誰が言ったんだっけ。

まさにそんな感じだ。心が全力で走っているから、涙が止まらない。

「ハル――」

黒羽《くろは》は息を呑《の》み、口を両手で覆った。

その瞳から涙がこぼれ落ちた。

「ごめん……ごめんね、ハル……あたしが弱くて、卑怯《ひきょう》だったから……ごめん！　本当にごめんなさい！」

黒羽《くろは》は深々と頭を下げた。ぽたぽたと頬から落ちた涙が地面を濡《ぬ》らす。

俺は大きく息を吸った。これでようやくこの言葉を言うことができる。

「――気にすんなって。俺はたくさんお前に迷惑かけてるんだ。お互い様だよ」

そりゃさ、告白祭で振られたことについて、思うことがないわけじゃない。

ただ俺も黒羽《くろは》の最初の告白、断っちゃってるし。

あんな大舞台で告白しちゃったのは俺からなわけで。みんなの前で振られるのが嫌ならこっそり人がいないところで告白すればよかったのだ。不満があるなら返事は保留にすればよかったのに……と思ったりするが、告白祭は保留できる空気じゃなかったのは確かだ。

俺たちはたくさん失敗して、たくさん回り道をして、でもこうして傍《そば》にいる。互いが必要だと、近くにいて欲しいと思い、傍《そば》にいる。

思い出の場所を巡って、改めて認識した。俺は黒羽《くろは》に凄《すご》く支えられていたんだな、って。

もし黒羽《くろは》がいなかったら、俺はこの場にいない。

トラウマを乗り越えたことも、今の凄《すご》く楽しい生活も、黒羽《くろは》なしでは絶対ありえない。

いみじくもさっき俺が言ったように、黒羽《くろは》は親友で、姉で、相棒で、お隣さんで、でもそれだけじゃないのだ。

「ありがと、ハル」

黒羽《くろは》はハンカチで涙を拭い、微笑《ほほえ》んだ。

その愛らしい笑顔に俺の鼓動はまた高鳴ってしまう。

（……と、話は逸《そ》れていたけど、俺、黒羽《くろは》に告白されているよな……？）

俺が急に照れてしまったから、思考が伝わってしまったのだろう。

黒羽《くろは》は両頬を赤く染めると、指を戦わせつつ、俺を見上げてきた。

「あのね、ハル……さっきの告白……返事、聞いていい……？」

小動物に例えられる可愛《かわい》らしい顔に憂いと期待の色が入り混じっている。

いつも姉のように振る舞ってきて。でも演じきれなくて。俺がバカをやるたびに怒って。でも許してくれて、尻拭いまでしてくれて。

そんな黒羽《くろは》を嫌えるはずがない……っ！

好きに決まっている……っ！

だから、俺は――

『この世にスーちゃんがいてくれてよかった』

——っ！

胸に強い痛みが走る。痛みは段々全身を蝕《むしば》み、鼓動と共に鈍い痺《しび》れを行き渡らせる。

俺は知っている。

この痛みは——〝初恋の毒〟だ。

白草《しろくさ》は——

そうだ、俺が白草《しろくさ》に惹《ひ》かれていることは否定できない。

周囲には厳しいのに俺にだけ懐《なつ》いてくれるのはとても嬉《うれ》しいし、正直優越感もある。

でも何より一途《いちず》に前を見据え、努力し続ける姿が魅力的だ。白草《しろくさ》の目標が何かは知らないが、心の底から応援している。

ただ——

『——調子に乗らないでくれませんか？』

紫苑《しおん》ちゃんの言葉は無視できない。

彼女は言った。『白草《しろくさ》の俺に対する感情は、尊敬であって恋ではない』と。

紫苑《しおん》ちゃんは合理主義者で恋愛否定派。しかも白草《しろくさ》を溺愛している。そのため、これは俺をけん制する言葉と取れなくもない。

しかし紫苑《しおん》ちゃんは白草《しろくさ》の姉妹と言える存在だ。そんな紫苑《しおん》ちゃんの言葉をまったくありえないなんて結論付けることは難しい。白草《しろくさ》が俺に惚《ほ》れているって思いたいから、紫苑《しおん》ちゃんを否定したがっている可能性は、冷静に考えるとかなりある。

『残念でした！　モモと末晴《すえはる》お兄ちゃんは最強のパートナーなんですっ！』

——えっ⁉

ちょっと待って。マジ待って。

なんでここで真理愛《まりあ》のことが浮かぶわけ？

確かに今回のドキュメンタリーで真理愛《まりあ》の大切さ、そして相性の良さを実感した。真理愛《まりあ》となら、世界とだって戦っていけそうな気さえする。

よく考えなくても真理愛《まりあ》は世間で騒がれるほど可愛《かわい》いし……成長すればさらに美人になること請け合い……料理がうまくて……何でもそつなくこなし……しかもすでに収入が多くて……あれ、真理愛《まりあ》と結婚したら俺ってやりたい役の仕事だけ受けてあとは遊んで暮らせるんじゃね？　みたいな展開も無きにしもあらずで……。

ちょ、ダメ！　妄想終了！

まずもって今、そんなことを考えるのはマズいって！

よし、一旦横に置いておこう。そうしよう。

真理愛《まりあ》、すまん！　別に含むところがあるわけじゃないんだが、今、お前が出てくると収拾がつかなくなるんだ！

俺は一度深呼吸をした。

論点をまとめよう。今回の課題は『黒羽《くろは》の告白を受けるか否《いな》か』だ。

まずは一つ一つはっきりさせよう。

——クロのことが好き？

この問いには俺は迷わず『イエス！』と答えよう。

まだ告白してから一ヶ月程度だ。告白したときの気持ちはまだ忘れていない。

その後だいぶ傷ついたから単純に美化はできないが、黒羽《くろは》への感謝、愛《いと》おしさは心の奥深いところに変わらずある。

——クロの告白を受ける？

…………………………受けたい…………

……………………………………………………けれど。

そう、『けれど』がついてしまう。

この『けれど』はもちろん『初恋の毒』のせいだ。

黒羽《くろは》と付き合ったら楽しいに決まっている。幸せに決まっている。

でも百パ、ー、セ、ン、ト、黒、羽、だ、け、が、好、き、と言い切れない今の状況——とても失礼じゃないだろうか。それこそ女の子が怒るときにありがちな『あたしといるのに、他の女の子のこと考えてたんでしょ?』を地で行くことになる。

うわっ、ちょっと想像しただけでも最低だな、それ!

中途半端《ちゅうとはんぱ》な気持ちで頷《うなず》いてしまうのは、黒羽《くろは》に対して失礼であり、最低の行為だ。黒羽《くろは》を尊敬し、感謝しているからこそ、ちゃんと筋が通った結論を導きたい。

——じゃあクロの告白を断ってシロに告白しに行く?

うっ……それは正直『ノー』だ。

紫苑《しおん》ちゃんの言葉があっただけに、今告白しに行くのは『暴走』であり『無謀』としか思えない。

そもそも俺は黒羽《くろは》にも強く惹《ひ》かれている。なので白草《しろくさ》に告白して万が一うまくいったとしても、さっきの『あたしといるのに、他の女の子のこと考えてたんでしょ？』を今度は白草《しろくさ》に対してやってしまうという状況だ。もっと心を整理してからでなくては先に進めない。

だとしたら、俺――


あああああぁぁぁぁぁぁ！　どうすりゃいいんだよぉぉぉぉ！


こんなにも黒羽《くろは》のことが好きなのに！　告白されて嬉《うれ》しいのに！

ううううぅぅぅ、いかんともしがたしぃぃぃぃぃ！

罪悪感と申し訳なさでいっぱいだ！

どれだけ考えてもまったく答えが出ない。

でも告白されているんだ。無理やりにでも結論を出す必要がある。中途半端《ちゅうとはんぱ》はダメだ。

それなら一番大事なことは筋を通すことだろう。

自分の都合で考えちゃダメだ。あくまで黒羽《くろは》にとっての最善は何だ？　という観点で結論を導き出すんだ。もちろん考慮するのは、今だけではなく、未来のことも含めて総合的に、だ。

そうしたすべてのことを考え抜き、黒羽《くろは》がもっとも幸福になれるような回答をすべきだろう。

……正直なところ、未来まで考慮に入れれば答えはもう出ている。

黒羽《くろは》をどれほど傷つけ、俺自身傷ついたとしても。

曖昧な態度で黒羽《くろは》を縛って苦しめてしまうくらいなら、いっそ——

俺は覚悟を決め、口を開いた。

「クロ、俺は——」

「——はい、タ、イ、ム、オ、ー、バ、ー、」

黒羽《くろは》は腕時計に視線を落とし、つぶやいた。

強い風が吹く。枯れ葉が舞い、カサカサと音を立てて転がっていく。

俺は言葉の意味がわからず、

「……………………………………………えっ？」

と素っ頓狂な声を上げることしかできなかった。

「——二十四秒。悪いけどハル、あ、た、し、の、中、の、裏、ル、ー、ル、で、十、秒、を、超、え、た、時、点、で、ハ、ル、の、回、答、は聞、か、な、い、こ、と、に、決、ま、っ、て、い、た、の。だからハル——ストップ。あたしはこれ以上聞かない」

「えっ、ちょ、何それ？　裏ルール!?　告白にそんなルールあんの!?」

初めて聞いたんだけど！

そして混乱に拍車をかけているのが、黒羽《くろは》の表情が読めないことだ。

陽《ひ》が落ちてそもそも表情が見えにくくなってきているのだが、たぶん今、黒羽《くろは》は物凄《ものすご》く冷静

だ。怒りも悲しみも、そして焦《あせ》りも憎しみもない。

「あたしはハルの今の気持ち、わかっているつもり」

黒羽《くろは》は朱音《あかね》の姉であることを思わせる、予言者のような目で朗々と語り始めた。

「ハルはね、あたしのこと恋愛対象として見てくれてると思うんだ。まだ告白してくれて一ヶ月程度だし。それに恋愛対象として見るだけじゃなくて、好きでいてくれてると思ってる。だってハルからの好意、あたし、感じてるよ？　尊敬と感謝も、凄《すご》く伝わってきてるよ？」

「ああ、もちろんだ。お前のこと、嫌うはずないじゃないか」

好きと言ってしまえばすべてが崩れてしまいそうで……口にできなかったけれど。ちゃんと好意も尊敬も感謝もしていると言外で伝えたかった。

「そんなハルがすぐにイエスって言ってくれなかったのは、迷っていることがあるから。……『ある女の子』のことが忘れられないからだよね」

「っ――」

さすがと言っていいのだろうか。

黒羽《くろは》は全部――見抜いている。

「ハルはきっとこう思ったはず。『クロのことは好きだけど、中途《ちゅうと》半端《はんぱ》なままイエスと言っていいのだろうか。自分にとって都合がいいからって、迷ったまま付き合うなんて失礼だ』ってね」

「こわっ！　クロ、お前はエスパーかよ⁉」

幼なじみが俺の思考を完全把握しすぎていて怖いんだけど……。俺、一生黒羽《くろは》に頭上がらないんじゃないかな……。

「その上であたしが思うのはね、ハルの考えは『ある意味正しいし、ある意味間違っている』」

「すまん……まったくわからん。説明してくれ」

「あのね、『中途半端《ちゅうとはんぱ》なままで付き合うのは良くない』。これは正しい。あたしだって、付き合ってくれたら凄《すご》く嬉《うれ》しいけど、デート中にいつも他の女のことを考えたりしていたら、たぶん殺意湧く」

「あの……クロハさん……殺意って言葉が怖すぎるんですが……」

ボソッとつぶやいているけど、これマジな気持ちだって一瞬で理解した。

「でね、間違っているのは『中途半端《ちゅうとはんぱ》なままで付き合うのは良くないから、告白を断らなきゃ』ってところ」

「ん……？　わ、わりぃ、クロ。マジで意味わからん。回答を保留しろとでも言うわけか？」

「近いけど、ちょっと違う。保留だけではちょっと弱い。関係が中途半端すぎる」

関係が中途半端《ちゅうとはんぱ》ってのは何となくわかる。

保留って、凄《すご》く中途半端《ちゅうとはんぱ》だ。

いつ告白に答えればいいの？　前の関係のままでいてもいい？

といった疑問が否応《いやおう》なく湧く。

「あたしがまず一つ言いたいのは――」

黒羽《くろは》は大きく息を吸うと、力強く言い切った。

「ハルの気持ちがそんな風なら――今、白黒つけて欲しくない」

「っっっ――」

なんて表現をするんだ……っ！　心臓を鷲掴《わしづか》みにされたかと思った……っ！

「中途半端《ちゅうとはんぱ》は良くない。それはあたしも同感。でもね、世の中白と黒だけでは割り切れない。実際はグレーだらけ」

ああ、黒羽《くろは》の言っていることはよくわかる。子供のころは勇者と魔王――絶対の正義と絶対の悪がいると思っていたけど、そんなことはなくて。現実には様々なことが絡《から》み合《あ》い、物事の解決の仕方一つをとっても、これしかない！　なんてはっきりしていることのほうが少ない。

黒羽《くろは》は大きく息を吸うと、目を見開き、一気に告げた。

「そこであたしは――『おさかの』という概念を提唱します！」

……ん？

んんんんんん？

おさかの……？

「はぁ⁉」

あまりに突拍子もない展開に俺の頭はパニックになっていた。

「な、なんだよ、その『おさかの』って……」

「まずね、あたしは以前から『友達以上恋人未満』という表現について、別の言葉はないかなって思っていたの」

うーん、『友達以上恋人未満』ってまさに俺と黒羽《くろは》の関係だ。それを『幼なじみ』と表現してもいいが、それは俺たちの間柄だから使えるだけ。『幼なじみ』は同性にも使うし、異性でも恋愛感情ゼロの場合だってある。となると言い換えは無理と言っていいだろう。

「『友達以上恋人未満』を『おさかの』って言うのか？　それって、『幼なじみ的彼女』の略か？」

「あれ、ハルにしては鋭いね」

「俺にしてはって……」

普段どう見られてるんだろ……。

「でもそれだけでは五十点。それもあるけど、もう一つ意味があるの」

「それは？」

「『押さえておきたい彼女』ってこと」

と、いうことは……。

「んー、キープするって意味も入っているのか？」

「恋人予約とか準彼女とかでもいいけど……そうだね、そこが肝」

黒羽《くろは》は人差し指を立てた。

「今のハルは、あたしのことを好きでいてくれるけど、『今はまだ』迷っているところ。でも告白されているんだから、こういうとき『イエス』か『ノー』、どちらかに決めなきゃって思い込み、あるよね？　常識って言ってもいいかな？　自分の都合で保留するのは相手に失礼だし、そうやってキープしておいて、他の子に告白するとか最低！　みたいな」

「ああ、うん、ある……めっちゃある……」

ううっ、胸が痛い。俺の気持ちがはっきりしないせいで黒羽《くろは》を苦しめている。そう思うと胸が痛い。罪悪感がヤバい。

「でも相手のことを思うなら決めなきゃいけないだろ……。それ、思い込みじゃなくてマナーなんじゃないのか……？」

「あたしは思うの。そこで決めつけちゃうのは、思考停止だって」

「思考停止って……その先、あるのか？」

その先に思考を巡らせること自体、俺の発想にはなかった。

「付き合う寸前くらいって、凄《すご》く好感度が高まってると思わない？　お互いに好感度が高いのに、付き合うかどうか決められないからっていう理由で、『なし』にするのはちょっと極論に走り過ぎだと思うの」

「まあ、確かに……」

告白したら二人の関係が壊れちゃう！　っていうのは、恋愛物語でもよくある話だ。そしてそれは物語の中だけじゃなく、実際にもあることだろう。だからこそフィクションでもよく使われるのだ。

そしてこのときの男女は、当然仲がいい。それが告白一つで破綻。

……なるほど。

世の中って、告白したくなるくらい相性が良かったり、仲良くなれたりする人って、言うほど多くないと思う。なのに『告白』だけで関係がなくなるのは、悲しいし別の方法があるようにも感じる。

「もちろん何も相談せずに保留して他の子に告白したら最低だと思うよ？　でも最初からそういう関係って取り決めをしていたら別にいいと思う」

「まさか、それが『おさかの』か……？」

告白後、ノーと返事をされたらどんなに親しくても普通は破綻――いや、親しいからこそ破綻してしまう。

しかし落ち着いて考えてみよう。互いに話し合って納得すれば破綻させる必要なんてない。ぶっちゃけているからこそ、最善の関係を模索することができるはずだ。そう黒羽《くろは》は言いたいのか。

「『おさかの』は……あたしから見れば『おさかれ』だと思うんだけど、これは相互承認が前提の定義。『付き合う』までには行かないけれど、『意識していて、恋人に準じた好意を持っている』ことを互いに伝え合っていることが大前提なの。そのうえで『今はまだ付き合えないけど、何かきっかけがあったら付き合おうねって約束している』――これが『おさかの』であり『おさかれ』」

「……それ、告白を保留した状態と、どう違うんだ？」

「告白を保留した場合、ボールは告白を保留した側にあるでしょ？」

「ああ」

例えば今回で言うなら、俺がボールを持っている。

すでに黒羽《くろは》が告白した後なので、あとは俺がどう返事するか、そういう状態だ。

「でも『おさかの』の関係は、どっちもボールを持っている。ただの約束だから、告白した側が『やっぱりやーめた、この関係は解消ね』って言ってもとがめられない。そういう意味では五分の関係。だからこの関係を続けるか、やめるか、回答に時間制限はないの」

なるほど、確かにそれはぐっと感覚が変わるな。

変に待たせてはダメだからすぐに回答を……みたいな焦《あせ》りもなくなる。逆に言えば告白されたからといって胡坐《あぐら》をかいていたら愛想《あいそ》を尽かされてもしょうがないってことか。

確かに五分の関係だ。

「あと、これって『どっちも好意がある』って確認した状態だから、別にデートしてもいいと思わない？　相手のことをもっと知りたいからデートをするって、前向きな行動でしょ？　これが保留だったら、キープしておいてデート楽しんで、そのあと他の子とも遊ぶとか、凄《すご》く悪いことしているようにならない？」

「思ったより聞こえ方、違うな……」

「相手が他の人とデートしたって、互いに恋人関係の予約をしているだけって最初からわかっているなら、それもやむなしって思うでしょ。自分だって別の人とデートしていいわけだし。振り向かせたいならデートを申し込んでもいいわけだし。こういう『五分』であり『自分の行動によって関係が前にも進むし後退もする』のがこの関係のいいところだと思ってる」

何というかこの『おさかの』って、互いに好意が明らかになってしまった『幼なじみ』の関係をそのまま保存した状態みたいだな……ああ、そもそもそれが黒羽《くろは》の狙いか。

もう少し具体的に表現するなら、『おさかの』は黒羽《くろは》が最初に言っていた『友達以上恋人未満』を互いに確認し合い、合意があれば前にも後ろにも進めるようにした状態、と言っていいだろう。

ここまで聞いて、俺はなぜ黒羽《くろは》がこの発想にたどり着いたかわかった気がした。

俺たちは『告白したら終わり！』『断られたらそれまで！』で終わるような関係じゃない。その後気まずくなったとしても、俺たちは幼なじみなんだ。きっと関係は続く。

だからこそただ気まずくなるっていう結果は最悪だし、別の方法を模索したい。

幼なじみだから告白後だって腹を割って話すことができる。互いに好感度が高くて、相性がいいっていうのは長い付き合いの日々が証明している。話し合うことができれば、双方にとって最善の落としどころが見つかるはず。

そうして考えていった結果、黒羽《くろは》は俺の行動を読みつつ落としどころを探り、『おさかの』にたどり着いた。そういうことなのだろう。

「結局、『おさかの』って今までの俺たちと何か違うところはあるのか？」

「そうだね、例えば――」

黒羽《くろは》が歩み寄ってきて、いきなり俺の左手を取った。

「これは別にいいでしょ」

そう言って俺と手を繋《つな》ぎ、俺の指の間に自分の指を滑り込ませた。

妙になまめかしく、普段味わうことがない感覚に俺は意識が飛びそうになった。

「っっ！」

そうやって動揺させておいて、黒羽《くろは》は俺の腕に身体《からだ》を寄せた。

「お互い好意を持ってるから、合意しているから、触れ合うことは悪いことじゃない。ううん、むしろ推奨されること」

なんてことを……なんてことを黒羽《くろは》は考えるんだ……っ！　『おさかの』『おさかれ』は互いに好意の承認が済んでいるから、イチャつくのはオッケーというわけか……っ！

触れ合う皮膚。伝わってくる柔らかさと温《ぬく》もり。

脳がとろけてしまいそうだ。

「ちなみに……どこまでオッケー……？」

「……いいよ。思いつくの言ってみて」

くっ、これはちょっと聞くのが怖いな。

だが聞いてみるしかない。

「デートはオッケーなんだよな？」

「うん、いいと思う」

「手に触れるのも」

「オッケー」

「肩や腰に触れる」

「……時と場合による」

「……おでことか頬とか」

「……時と場合、それと触り方次第」

「………キス」

「………それは恋人になるときの合図かな」

頬を赤らめる黒羽《くろは》が可愛《かわい》らしい。

うん、まあ基準としては妥当じゃないだろうか。

あとこれだけは聞かなければなるまい。

「ちなみに胸に触るのは――」

「最低」

「……………」

「最低」

「くそぉぉぉぉぉぉ！　わかってるから二度言わないでくれよぉぉぉ！」

一瞬で黒羽《くろは》の表情が消えたんだけど！　怖すぎるって！

「ううっ、堪忍《かんにん》や……魔が差したんや……男子高校生の本能なんや……」

「もーっ、バカなんだから」

いつもの『もーっ』が出てくれた。呆《あき》れと優しさが入り混じったそのつぶやきに俺が安心感を覚えていると、黒羽《くろは》は手を繋《つな》いだまま、俺の手の甲をそっと指でなぞった。

「――そういうことは、付き合ってからのお楽しみでしょ♡」

「っっっっ～～！」

あかん……。

あかんあかんあかんあかんあかんあかんあかんっ！

ヤバいって！　これマジでヤバい！

堕《お》ちちゃう！　というか、もう堕《お》ちそう！

「凄《すげ》ぇっ！　ＩＱが見る見る間に溶けてるっ！」

「ふふんっ、覚悟しておいてよね、ハル。キスしたりエッチなこととしたりしたら、カップル成立だから」

「くぅぅぅぅっ――」

まったく何という策士ぶりだろうか……。俺の理性は持つのだろうか……。

吸い込まれそうな小動物的な瞳と、脳みそを揺るがす可愛《かわい》らしい仕草。そして何より、セリフのパンチ力！

……これ、ノックアウトされた時点で俺は黒羽《くろは》と付き合うことになるのか。

それはそれで幸せな未来だと思った。

「俺は『おさかの』に関して、もちろん異論ないさ。でもクロは本当にいいのか？」

この『おさかの』はどちらかと言うと、俺にとって都合がいいと思う。

イエス、ノー、保留の三択で言えば、保留に近いものだし。

黒羽《くろは》は何でもないことのように言った。

「いいに決まってるでしょ。だってあたしは告白したけど、振られることなく、幼なじみの関係のまま恋人に近いポジションを手に入れられる。そりゃ完全無欠の恋人だったらなおよしだったけど、人生ってそううまくいくことばかりじゃないし。これからの努力次第でそこにたどり着ける可能性があるんだから、むしろ張りがあっていいかも。あたし、付き合ってからも互いに努力し合うのが大事だと思っているから、その準備期間と思えば気にならないかな」

本当に黒羽《くろは》は凄《すご》い。尊敬する。

この前向きさ、行動力。そして何より発想力。

いろいろ考えてくれて、互いの居心地のいい位置を探してくれて。

コンピュータみたいに一か〇しか思い浮かばなかった俺とは大違いだ。

俺と黒羽《くろは》は手を繋《つな》いだまま帰路についた。

「でもさ――」

道を歩きながら黒羽《くろは》はつぶやく。

「あたしは当然努力するけど、ハルもちゃんと努力しなきゃダメだよ？　あたしのことあんまり構ってくれなかったら、どこかに行っちゃうかもしれないからね？」

「そりゃそうだ。愛想《あいそ》尽《つ》かされないように頑張らなきゃな。特に勉強……」

「ふふっ、そうだね。またお姉ちゃんが教えてあげる」

「お手柔らかに頼むわ」

手を繋《つな》いで帰るなんて、小学校低学年以来だろうか。

何だか恥ずかしくて、何だか気持ちよくて、何だか楽しい。

「あと――」

信号で立ち止まると、黒羽《くろは》はぐいっと俺の手を引いた。

バランスを崩し、膝を曲げた俺の耳に黒羽《くろは》は口を近づけた。

「――この関係は、秘密だよ」

可愛《かわい》らしいささやきに、俺の顔はかぁっと熱くなった。

そんな俺を黒羽《くろは》は『照れてる照れてる』と言って笑う。

俺は照れ隠しの苦笑いをしながら、何だか幼なじみのまま彼女になったみたいだ――なんて思ったりした。

エピローグ

＊

黒羽《くろは》とドキュメンタリーの撮影をした次の日の午前中、予約していた病院に行き、予定通りギプスを外すことができた。

「おおっ……」

動く。痛くない。

つい驚いてしまう。たった一週間程度だけどかなり不便だった。無茶はまだできないものの、久しぶりに使えるようになった右手の解放感が凄《すさ》まじい。

もうこのまま家に帰ってのんびりしたかったが、黒羽《くろは》に学力の遅れを散々心配された後なので、ため息をつきつつ学校に向かった。

登校すると、ちょうど昼休みだった。

完全に出遅れてしまったのでしょうがなく売れ残りのパンを購買で購入。教室に入って自分の席で食べようとすると、哲彦《てつひこ》がやってきた。

「よっ、末晴《すえはる》。ギプス外れたんだな」

「まあな。ホッとしてるぜ」

「じゃあ予定通り今週末に真エンディングの撮影な。志田《しだ》ちゃんの出演、ＯＫで安心したぜ。説得大変だったか？」

「いや、結構あっさりだったぞ」

昨日、俺と黒羽《くろは》が『おさかの』『おさかれ』関係となった後、家で真エンディングへの出演を頼んだ。

そしたら結果は即ＯＫ。理由を聞いてみると、『可知《かち》さんとモモさんも出るみたいだし、一応部活の一環だし』というものだった。

まあ積極的とは言えないが、せっかくだし出てもらいたいと思っていた俺としては嬉《うれ》しい答えだった。

哲彦《てつひこ》は俺の前の席に陣取り、椅子にまたがって俺と向き合う。そして食べかけのカレーパンをひとかじりした。

「志田《しだ》ちゃんからドキュメンタリー映像を朝のうちにもらって、もう業者のほうにデータ送信しておいた。週末には確認できるようになると思うわ」

「あいかわらず手際《てぎわ》いいな……。動画の公開の予定は？」

「最速で来週の木曜だな。ドキュメンタリーも、真エンディングも同時公開予定だ」

「もうそこまで打ち合わせてんのか」

「当然よ」

哲彦《てつひこ》はおもむろに懐《ふところ》から名刺を取り出し、机の上に並べた。

「見よ、今を輝くコレクトジャパンテレビの事業部の方々の名刺だ。まさか部長クラスが出てくるとは思わなかったぜ」

「……なんか凄《すご》そうだが、よくわからん。凄《すご》いのか？」

「打ち合わせはあっちがセッティングしてきてな。行ってみたらすげー高級そうな料理を出す店だったんだよ。後で検索してみたら、コース最低二万円からだったわ」

「すげえええええぇぇぇぇぇっ！」

さすが世界と戦おうという企業……。高校生をそのレベルの店に連れていくとは、資本の規模が違う……。

「ぶっちゃけ来た人の年収がおおよそ二千万円以上ってほうがオレは凄《すご》いと思うが」

「あ～、そこまでいくとよくわかんねぇんだよ。プロ野球選手の年俸が五千万円でも高く感じないというか」

「……微妙にわかる例えなのが何となくムカつくな」

「ムカつくなよ」

見せびらかすものでもないと思ったのだろう。

哲彦《てつひこ》は全部並べた割にすぐ名刺をひっこめた。

「で、どうだった？」

哲彦《てつひこ》は牛乳を飲みつつ、さらっと聞いてきた。

「何がだよ」

「三人との同居とドキュメンタリーでのことに決まってるだろ」

ギプスが外れたから、三人と紫苑《しおん》ちゃんが俺の家に泊まるのはこれで終了。今日からほぼ一人暮らしに舞い戻る。

俺はここ一週間ほどのことを思い返した。

「最初は死ぬかと思った……」

「ああ、お前、殺そうかと思うくらいクソみたいな妄想してたもんな」

「クソみたいな妄想とか言わないでくれる？　傷つくんだけど？」

「はいはい。で、最初は死ぬと思ったが？」

「……まあ一人ずつと……メイド付きだから厳密に言えば二人ずつだが……一緒にいて、ゆっくり話したりして。ドキュメンタリーのために過去を思い出して、語り合ったりして。それで俺、あの三人に滅茶苦茶《めちゃくちゃ》支えられていたんだなって、思ったんだ」

哲彦《てつひこ》は口角を吊《つ》り上《あ》げた。

「お前が真面目っぽいこと言うと、マジキモくてウケる」

「こっちが真面目に答えてやったのにてめぇぇぇぇぇぇ！」

「あああぁぁぁぁん？　文句あるかぁぁぁぁぁぁ！　ぶち殺すぞぉぉぉ！」

「俺が殺してやらぁ！」「やれるもんならやってみろ！」「ボディがお留守だぜ」「足元がお留守だぜ」「いてぇよ」「オレのほうがいてぇよ」

周囲から『バカスコンビがまたやってる……』『共倒れすればいいのに……』みたいなつぶやきが聞こえてくるが、最近目立ちっぱなしなので陰口は言われ慣れており、『はいはいどうせ俺たち嫌われてますよー』って心境で聞き流した。

俺たちは散々ぶつかり合い、互いに息を切らしていると、哲彦《てつひこ》が言った。

「で、真エンディングなんだが……」

「ん？」

「過去、ちゃんと吹っ切れたんだよな？　過去の自分、超えられるんだよな？」

やっぱり哲彦《てつひこ》のやつ、わかってたんだな。

真エンディングで一番大事なのは、俺が過去の自分を受け止め、その上で超えられるかどうかなんだって。

でも今の俺に不安はない。

なぜなら――

「たりめーだ。俺にはな、期待してくれるやつと、一緒に悲しんでくれるやつと、ずっと見守ってくれてるやつが付いていているんだ。負けるわけねぇだろ」

哲彦《てつひこ》は頭を掻《か》くと、俺の肩をポンっと叩《たた》いた。

「ま、わかってるならいいんだ。週末は頼んだぜ」

＊

俺が帰宅すると、すでに三人と紫苑《しおん》ちゃんの荷物はなくなっていた。

「何だよ、もうちょっといてもよかったのに……」

何だろう。やけにリビングが広く感じる。テレビをつけないだけでこんなに静かだったんだって、今更ながらに思い出した。

不安と寂しさが押し寄せてきて、視野を狭くする。

あ、この感じ覚えている。小学校高学年のとき、毎日のようにこの感覚にさらされた。そしてそれが耐えられなくて、洞穴で過ごすようになってしまったのだ。

「でも大丈夫」

俺は深呼吸をした。

思い出を脳内で描く。すると動悸《どうき》は治まっていった。

今なら自分自身で不安をコントロールできる。俺はちゃんと過去を乗り越えられたんだ。そう実感できた。

テーブルの上を見ると、紫苑《しおん》ちゃんのメモがあった。

『お世話になりました。掃除は済んでいます。今回の出来事はあなたを知るための貴重な機会だったと思っています。ただ汚《けが》らわしいので、シロちゃんに近づくときは覚悟をしておいてください。

大良儀《おおらぎ》　紫苑《しおん》

追伸　チャイルド・キングの真エンディングについてだけは、ほんの少しですけど期待しています』

うーん、紫苑《しおん》ちゃんとは結局打ち解けることも仲良くなることもできなかったな……。もうこれは相性が悪いとしか言いようがないかもしれない……。

でもまあそんな彼女から期待していると言われて、張り切らないわけにはいかない。

俺はテレビをつけてBGMがわりにすると、台本を読み返すことにした。

……うん、大丈夫。脳内のスイッチも問題なく入る。

こうなれば俺は何にでもなれる。撮影、楽しみだ。

いつの間にか時間が遅くなっていたので、急いで夕食を作り始めた。右手のギプスが取れたばかりだから、正直包丁はあまり使いたくない。だからラーメンにして、ネギをちょっと刻むだけにした。

ささっと食べて、風呂《ふろ》へ。

ゆっくり湯船につかっていると、この一週間あまりの喧騒《けんそう》が夢のように感じてしまう。

不安はだいぶコントロールできるようになったが、寂しさが消えるわけじゃない。

俺は何となく母さんののろけを思い出した。

『――大好きだからよ』

自分の望みって、案外わからない。

将来何になりたいか、と問われても、正直今までの俺は答えられなかった。

子役であれだけ成功したんだから、また役者で成功することが目標じゃないのか？　と言われたとしても、俺は頷《うなず》かなかっただろう。

だって俺は知っている。役者として成功することがイコール幸せじゃないって。もちろん喜びではあるけど、演技ができない苦しみも経験しているし、役者の仕事自体の恐ろしさも知った。だから俺はそんな単純に役者としての成功だけを願えない。

でも――

母さんののろけと、一人で家にいる寂しさを思い出したことで――幸せな家庭を築くこと、そして大好きな人と結ばれることに強い憧れを持っているって気がついた。

そうだ、俺が芸能界にすぐに復帰せず、高校生活を続けたいと思ったのは『幸せな家庭を築くこと』や『大好きな人と結ばれること』を目標にするなら、復帰しないほうがいいんじゃないかって、どこかで思っていたからだろう。

役者として有名になることで、好きな人を不幸にすることだってある。そのことはワイドショーを見ればわかる。お金がないと不幸だけど、大金があるからといって幸せになるわけじゃない。これもテレビは教えてくれている。

「彼女、欲しいな……」

以前からそう思っていた。でもより改めて自覚した。

俺は湯船のお湯で顔を洗った。

黒羽《くろは》を見習い、もっと真剣に、そして前向きに考えて努力しよう。

そう思った。

＊

阿部充《あべみつる》はその日、放課後になったのを見計らって登校した。

すでに大学に合格しているから必要出席日数以上の登校は無理にしなくてもいい。

一応今日学校に来たのは、軽音楽部の後輩を激励するためというのが表向きの理由。でも本当の理由は別にあった。

「あっ、阿部《あべ》先輩！」

「せんぱーい！」

後輩の女子に発見されたため、阿部《あべ》は笑顔で手を振った。すると彼女たちはきゃーきゃー騒ぎつつ寄ってきた。

今日はちょっとやりたいことがあるため、適当なところで打ち切らせてもらった。彼女たちは寂しそうにしていたので申し訳なかったが、さすがに付き合いきれない。

あくびが出た。実は昼まで寝ていたのだが、まだ眠い。あることで興奮して明け方まで眠れなくなってしまったせいだ。

実のところ今日登校したのは、その眠気と密接な関係があった。

「あ、やっぱりここにいた」

阿部《あべ》が元第三会議室ことエンタメ部の部室に入ると、中にいた哲彦《てつひこ》は思いっきり顔をしかめた。

彼は整った顔立ちといたずら少年のような愛嬌《あいきょう》が同居しているが、嫌いな相手には容赦なく顔を崩す。

「……あの、鍵をかけていたはずなんですけど？」

「そうだろうと思って、あらかじめ職員室で鍵を借りてきたんだ。用事があるからと伝えたら先生は快く貸してくれたよ」

「先輩は大学に合格したんすよね？　コンプライアンスって言葉どう思います？」

「コンプライアンス違反は最低だよね」

「先輩の行動は？」

「教師から鍵を借りるのがコンプライアンス違反？　君は思想がアングラすぎるんじゃないかな？」

「あれですよね、先輩って自分の子供が引きこもったら、無神経に部屋に踏み込んで正論吐いて殺されるんじゃないですか？」

「子供のために命を張れる大人になりたいとは思っているよ」

はぁ、と哲彦《てつひこ》は重いため息をついた。

これが一種の諦めの合図であり、入っていい許可でもあることを阿部《あべ》は今までの経験から知っていた。

阿部《あべ》は哲彦《てつひこ》の近くの席に腰を下ろした。

哲彦《てつひこ》の目の前にあるのはノートパソコンだ。画面に映っているのは沖縄《おきなわ》でのＰＶ映像。おそらくドキュメンタリーと真エンディングを優先していたためにまだＰＶの編集が済んでいないのだろう。

「まず先に言っておくけどね、今日は話を聞きたいんじゃなくて、言いたいことがあって来たんだ」

「じゃあ聞かなくてもいいですか？」

「反応したくないならどうぞ。勝手に僕がしゃべるから、無視していてもいいよ」

そう前置きをし、阿部《あべ》は口を開いた。

「昨日、ドキュメンタリーと〝チャイルド・キング〟の真エンディング、公開されただろう？　さっそく見せてもらったよ」

哲彦《てつひこ》がちらっと様子をうかがってくるが、何も言わなかった。

聞いていることがわかっただけで阿部《あべ》は十分だった。

「それで……なんていうか……凄《すご》く感激してしまってね。役者を目指したいと思ったときの気持ちを思い出した。それからつい〝チャイルド・キング〟を見直したくなってしまって……実はそれで寝不足なんだ。ほら、あるだろ？　つい見返していたら、止まらなくなって……みたいなこと」

「ま、ありますけど。オレとしては大学が決まっている人は暇があっていいっすねーって感想しか浮かびませんわ」

「しっかり聞いているじゃないか」

「聞いているんじゃなくて、聞こえてくるんすよ」

阿部《あべ》は笑ってしまった。

あいかわらず彼のひねくれっぷりはなかなか一筋縄ではいかない。

「そういう感想なら、末晴《すえはる》に直接言ってやったほうがいいんじゃないんすか？」

「いやぁ、彼を前にすると完全にファン目線になっちゃいそうでね。ほら、嫌われ役のまま誤解を解いてもいないし。どう切り出せばいいかわからなくてね」

「うわっ、この人、末晴《すえはる》に対してマジもんのファンの思考してる……気持ち悪い……」

「別に恥じる気持ちはないな。というわけで、丸《まる》くんに直接伝えるのは恥ずかしいから、今回全体を取り仕切っていた君に感想を伝えに来たというわけさ。迷惑だったかな？」

「前から言ってますけど、マジで迷惑なんで！」

「ああ、よかった。迷惑をかけている自覚はあったんだ。むしろ迷惑じゃないって言われたら、自分の判断力に自信を無くしてしまうところだったよ」

「はぁ～」

深いため息。

気にしていたら哲彦《てつひこ》と話せないので、阿部《あべ》は半ば楽しみつつ続けた。

「ここからは僕の考察なんだけどね、今回一番勝ったのは君じゃないかな？」

哲彦《てつひこ》は黙したまま返答しない。

「白草《しろくさ》ちゃんから一連の流れを聞いたよ。君は早くから摑《つか》んでいたんだろう？　ハーディ・瞬《しゅん》社長の動きを。そう考えると、今回の話は見えやすくなる」

阿部《あべ》は様子をうかがったが、哲彦《てつひこ》はやはり口を開かない。

「瞬《しゅん》社長の目的は丸《まる》くんにダメージを与えることだ。瞬《しゅん》社長が丸《まる》くんの過去を狙って攻撃するとしたら、手段が多すぎて事実上防御は不可能。そうなると丸《まる》くんを守るには、丸《まる》くん自身が過去を乗り越えるように仕向ける必要がある。それがドキュメンタリーだ。特に丸《まる》くんに恋心を抱く三人が一人ずつ思い出の場所を巡るアイデアは素晴らしかったね。丸《まる》くんの心の奥深い部分が見えたし、丸《まる》くん自身もどれだけ様々な思いを自分が受けているか自覚するきっかけになったはずだ」

「そこは真理愛《まりあ》ちゃんの発案っすね。やっぱ彼女、優秀っすわ」

「へぇ～、桃坂《ももさか》さんがね……。君の発想じゃないなら、志田《しだ》さんだろうって思っていたんだけどね」

「志田《しだ》ちゃんはクリエイティブな発想はあまり。恋愛や末晴《すえはる》に関することはバケモンですけどね。可知《かち》はその逆で、恋愛的発想はイマイチで、クリエイターとしてはなかなかって印象ですわ。そういう意味でも真理愛《まりあ》ちゃんは両方優秀っすね」

「その口ぶり……〝また〟志田《しだ》さん、何かしでかしたのかい？」

「……凄《すご》い表現しますね、先輩」

「……彼女にはちょっと圧倒されっぱなしだから、つい、ね」

哲彦《てつひこ》は肩をすくめた。

「今回、末晴《すえはる》が怪我《けが》をしましたよね？　初日、どうなったか知ってます？」

「ああ、白草《しろくさ》ちゃんから聞いてる。志田《しだ》さんと桃坂《ももさか》さんが押しかけてきて大変だったんだって？　でも事前工作のかいがあってうまく自分だけ残ることができたって、勝ち誇っていたよ」

「あいかわらず可知《かち》はあっさり地雷を踏んでくるなぁ……」

「どういうことだい？」

「可知《かち》は志田《しだ》ちゃんの危機意識を刺激し、本気にさせちゃった感がありますね。で、ここからの話は志田《しだ》ちゃん視点で考えるとわかりやすいんで、そっちから話しますわ」

阿部《あべ》は頷《うなず》き、耳をすませた。

「志田《しだ》ちゃんは可知《かち》が末晴《すえはる》の家に住むことに強い危機感を覚えた。ただ志田《しだ》ちゃんにとって問題点は同居だけじゃないんすよ」

「他に何かあるのかな？」

「三人で末晴《すえはる》の家に押しかけた結果、アピール合戦になり、末晴《すえはる》が疲弊しちゃってたんですよね。これ、志田《しだ》ちゃんから見れば大問題っすよ。志田《しだ》ちゃんは三人の中では一番アピールが得意ですから。そのアピールが効かなくなってしまうのはかなりきついはずです」

「ああ、確かに……」

「で、それよりも何よりも志田《しだ》ちゃんにとっては大問題がありまして」

「それは？」

「末晴《すえはる》の意識が可知《かち》のほうにちょっと寄っちゃったことっす」

ああ、と阿部《あべ》は嘆息した。

「この前の旅行くらいからのことだよね」

「ええ。志田《しだ》ちゃんは大ピンチっす。幼なじみとして隣にいる、という最高の地位を覆《くつがえ》され、自分の得意分野であるアピールも効かなくなりつつある。何より末晴《すえはる》は他の子に惹《ひ》かれつつある。振られたとき以来の危機的状況っすね」

「言われてみればそうだな……」

強さばかりが気になり、そこまで追い詰められているとは思っていなかった。

「そこで志田《しだ》ちゃんが打った手は、可知《かち》と真理愛《まりあ》ちゃんを呼んでの三者会談です。ここで二つの大きな問題——『可知《かち》の同居』と『アピール合戦での末晴《すえはる》の疲弊』を解決してます」

「……白草《しろくさ》ちゃんから話を聞いたときは、三方一両損《さんぽういちりょうぞん》で譲り合った印象だったけど……」

「オレがドン引きしたのは、その話を一番損をする可知から出させたことですね。志田《しだ》ちゃんと真理愛《まりあ》ちゃんが損したのって、『アピールを減らすだけ』って気がついていました？　可知《かち》は同居を譲っています。他の二人より明らかに重いですよ、これ」

「確かに、白草ちゃんは他の二人の真似ができたけど、他の二人は白草ちゃんの真似は不可能だ」

「可知《かち》はプライドがあるから事実上真似《まね》は不可能っていう隙をついてきたんですよ。真理愛《まりあ》ちゃんはそのことに気がつき、途中から乗っかったんじゃないですかね」

「ああ、白草《しろくさ》ちゃんからこの話を聞いたとき、どこか引っかかったんだ。三方一両損《さんぽういちりょうぞん》の話を志田《しだ》さんじゃなく白草《しろくさ》ちゃんから出していたためだったか……。まったく凄《すさ》まじいな……。君が『引く』と表現したこと、ちょっとわかってしまったなぁ……」

黒羽《くろは》は強い。可愛《かわい》らしい女の子なのに、時にはドン引きしてしまうほど。まあそれがまた彼女の魅力と言えばそれまでだけど。

「で、露骨なアピール合戦は不毛という三人の共通認識ができたところへ、オレがドキュメンタリーの話をしちゃっていたんすよ。これ、要するに『露骨じゃないアピールとは何か』という発想に繋《つな》がるんですが、それって三人とも『思い出を語る』だったんですよ。それぞれ強い思い入れのある思い出を持っているので、まあそこは自然な成り行きでしたね。それをうまくドキュメンタリーに繋《つな》げたのが真理愛《まりあ》ちゃんだったってわけです。ただ志田《しだ》ちゃんがバケモノなのは——その後の行動と発想ですけどね」

「ええ……まだあるのかい……？」

「むしろここからが本番ですけど」

阿部《あべ》はちょっと聞くのが怖くなってきた。しかしここまで話を聞いてしまった以上、聞かずに眠れるとは思えなかった。

「わかった。聞かせてくれ」

「志田《しだ》ちゃん、あのドキュメンタリーの撮影の後、末晴《すえはる》に再告白してるんですよ」

あまりに衝撃的な言葉に、阿部《あべ》は一瞬言葉を失った。

「えっ⁉　それは本当かい⁉」

「間違いないです。で、告白された末晴《すえはる》は迷って、迷って、返事をしようとしたところで志田《しだ》ちゃんが止めたらしいです。タイムオーバーって言って」

「んんっ⁉　ど、どういうことかさっぱりわからないんだけど……」

「その後『おさかの』という関係を末晴《すえはる》に提案したらしいっすよ」

それから阿部《あべ》は『おさかの』の話を聞いた。

そしてすべてを聞き終え——やっぱりちょっと引いた。

「……つまり、志田《しだ》さんは告白した結果、『準彼女』というか、『幼なじみ的彼女』であり『押さえておきたい彼女』である『おさかの』に納まった、というわけなのか」

「ま、その提案で末晴《すえはる》が断るわけないですよ」

「『告白をしたけれど、返事の前に振られると察知したから、告白をキャンセルしたあげく、新たな関係を提示して承諾させた』とか……いやぁ、志田《しだ》さん凄まじいなぁ……」

「個人的にツボだったのは『告白キャンセル』っすね。進化をBボタン連打でキャンセルするのを連想しちゃいましたよ」

「はぁ、白草《しろくさ》ちゃんが苦戦するわけだ……」

白草《しろくさ》は男の子から憧れられるだけの良さを多く持っている。普通なら他者を圧倒できるレベルのスペックがある。

だがライバルが手強《てごわ》い。手強《てごわ》すぎる。

昔から妹のように可愛《かわい》がっている白草《しろくさ》の不運を思いやり、阿部《あべ》はため息をついた。

「『おさかの』についてですが、交渉力と一定以上の好感度がなければできない概念ですけど、志田《しだ》ちゃんはうまいところ突いてきたなって、個人的には思ってます」

「どこがだい？」

「恋愛って、『自分のことを好きなんじゃないか？』って思ったところから意識しませんか？　つまり『好きという感情は、好かれていると意識することから始まることが多い』とオレは思ってるんすよ。ほら、よく言うじゃないですか。笑ってくれたから惚《ほ》れたとか、気軽に触れてきたから俺のことが好きだと思ったとか」

「まあ確かに」

「つまり『相手に好きかもしれないと意識させてからが恋愛の本当のスタート』と思うんすよ、オレは。勝手に想《おも》っているだけでは発展なんてない。知らない相手から突然告白されても判断はできないでしょ。なので『告白せずに好きであることを伝える技術』が恋愛上重要になってくるわけです」

「ああ、絶対とは言わないけど、恋愛上手の人ってそういうところあるね」

「志田《しだ》ちゃんは最大級のパンチ力がある『告白』を使いつつ、その状態のまま関係を保存した。つまり『最高に意識させた』んです。普通なら告白してイエスかノーかの二択になるところなのに、保険としてさらに先に進める手まで持っていた。率直に感心できる部分っすね。まあ幼なじみは関係が近すぎて『意識するきっかけ』が難しいというのはどうしてもありますんで。志田《しだ》ちゃんとしては強く踏み込まざるを得なかったとも言えるでしょうね」

「なるほど、現在の結果は志田《しだ》さんにとって次善の策で、しょうがなく取った手かと思っていたたんだけど……『最高に意識させた』と考えると、最高のリスタートを切ったとも言えるのか」

「そうなんです。それが彼女の恐ろしいところです。振られそうになったのに、マイナスになるどころかプラスにしているんです。この関係、末晴《すえはる》は文句なしでしょうが、志田《しだ》ちゃんにとっても今までよりも前に進んだので、決して悪いものではないはずです。で、先輩、感想は？」

「『おさかの』なんて、僕にはその発想はなかったし、提案する度胸も実現させる行動力もないかな」

「同感っすね。そもそもオレが『おさかの』を口にしたら、女の子に殺されますよ」

「まあそうだろうね。使える条件はかなり限られている。でも落としどころとして絶妙だな」

「オレがバケモノって言ったの、理解できました？」

「……正直、僕もそう言いたくなってしまうなぁ。まあそれだけ丸《まる》くんが愛されているってことなんだろうね」

「別にそんなフォローしなくてもいいんすよ？　末晴《すえはる》に関しても正直に言ったらどうです？」

「何をだい？」

「あいつは所詮、モテないと思い込むことで自分を守ろうとする卑怯者《ひきようもの》ってことっす」

「辛らつだなぁ……。むしろ僕は慎重で謙虚だと思うけどね。丸《まる》くんはきっと、自意識過剰に陥るタイプじゃないんだろうな。芸能界って自分はモテるとか、有能って思っている人が多くてね。まあ事実モテるし有能なんだけど。だからこそ僕は丸《まる》くんの受け止め方のほうがずっと好感度高いなぁ」

「そっすか」

哲彦《てつひこ》が傍《かたわ》らに置いていたコーヒーのペットボトルを手に取り、口をつけた。

「今回、志田《しだ》ちゃんに圧倒されちゃいましたけど、可知《かち》と真理愛《まりあ》ちゃんも正直、負けたとは思ってないっすよね」

「ああ、白草《しろくさ》ちゃんは『特別な思い出ができた』『ぶっちゃけ勝った』って言っていたよ」

「真理愛《まりあ》ちゃんもチラッと聞いてみたら、『今回の出来事は大勝利の伏線となりました』と堂々と言ってましたよ」

「誰を勝者と見るかはちょっと難しいところだね」

「個人的にはいくら保険付きとはいえ、最終手段とも言える告白にまで踏み込んだ志田《しだ》ちゃんが一歩勝っている気がしますが。しかし最強の攻撃をすでに使ってしまったとも見ることができ、予断を許さない状況……という判定ですね」

阿部《あべ》は腕を組み、深く頷《うなず》いた。

哲彦《てつひこ》はコーヒーのペットボトルを人差し指で弾《はじ》いた。

「ただオレとしては今回の一件で、志田《しだ》ちゃんはやっぱりある意味『ただの必死な女子高生』なんだなと思いましたね」

「どの点で？」

「だって今の志田《しだ》ちゃんの状態、ぐるっと一周して告白祭の前まで戻ってきているんですよ」

「具体的には？」

「『告白したけど恋人になれていない』『それでも末晴《すえはる》の傍《そば》にいる』。細かい点では違うところもありますが、一番大きなこの二点は完全に戻ってきちゃいましたね」

「ああ、確かに。でも個人的にはよくここまで持ってきたな、とは思うな」

「でも他にベストな方法はありました。告白祭終了後、プライドをかなぐり捨ててひたすらに謝り続ければ、今ごろ末晴《すえはる》と志田《しだ》ちゃんは付き合っていましたよ。まああの時点で謝れば、沖《おき》縄《なわ》旅行のときよりも遥《はる》かに大きな喧嘩《けんか》に発展したのは間違いないので、時間は多少かかったかもしれないですけどね」

「それは今だから言えることだろう？　あの時点で謝れば白草《しろくさ》ちゃんと桃坂《ももさか》さんはチャンスと見てアタックを強めたのは間違いないよ？　それにすべてのプライドをかなぐり捨てるというのは、なかなかできるものでは……」

「ええ、だから『ただの必死な女子高生』なんだなって思ったわけです。志田《しだ》ちゃんは都合よく勝とうとしすぎたんですよ」

「でもそれ、普通じゃないかな？　人間、そういう感情は捨て切れないよ」

「ええ、そうですね。普通っすね。なのでその点を指してミスとは言えないっす。言えるのは、志田《しだ》ちゃんもまだまだ甘いってことっす。ついつい凄《すご》みを感じて最善を尽くしているように見えても、結果から見るとまだまだ。これまでそのことに気づかなかったオレもまだまだ甘い。嫌になっちゃいますね、まったく」

阿部《あべ》は肩をすくめて同調したが、ふとあることに気がついた。

「というかさ」

「何すか？」

「何で志田《しだ》さんの告白について知ってるんだい？」

今の話、当事者二人にとって、おいそれと他人に話せるような内容ではないはずだ。

「丸《まる》くんが話したのかい？」

「読みが甘いっすなぁ。逆ですよ。志田《しだ》ちゃんからです」

「えっ⁉　なぜだい⁉」

「オレならいずれ見抜くか、末晴《すえはる》から聞き出すか、どっちかだと判断したらしいです。それで結局バレるなら、変な動きをされて邪魔をして欲しくないからということで、説明と警告を受けました。ちなみに警告のほうは、『誰かに話したら覚悟しておいて』っていう内容です」

「ちょ、あの……待ってもらっていいかな……？　今、話しているよね……？」

「ええ、これでこの話が外に漏れたとき、先輩も共犯です。『オレ、話したくなかったんだけどさ～、先輩に脅されてさぁ～っ！』って言い訳しますんでよろしく」

阿部《あべ》は額に手を当ててため息をついた。

しまった、興味のまま聞いているうちに巻き込まれた。

「それ、君が情報を漏らしたことがバレたときに使う言い訳だろう？」

「あ、気づきました？　それくらいの利益がないと、こんなネタ話せるわけないじゃないっすか」

「まあ……それは理解できるかな……」

さすがに危険なネタすぎる。しかも相手が相手。

とりあえず自分は絶対に話さないでおこう、と阿部《あべ》は心に決めた。

「じゃあ共犯として聞きたいんだけど」

「言いたくないことは言いませんけど、それでよければ」

「関係性はまだ見えないんだけど、君は本気なんだな」

「何がっすか？」

「瞬《しゅん》社長潰し、さ」

「…………」

哲彦《てつひこ》は素知らぬ顔をしてコーヒーを飲む。

「あの真エンディング、よく考えられた企画だと思ったよ。ファンならぜひ、と思うような内容だし、実際見て凄《すご》く感動した。あの企画ならコレクトジャパンテレビが釣れたのもわかるよ。ただね、真エンディングを公開しなくても今回の一件、収められたよね？」

「…………」

「だってさ、総一郎《そういちろう》おじさんと桃坂《ももさか》さんがいるんだよ？　今回、コレクトが動いた分だけ早く火消しできたとは思うけどね。真エンディングの企画、最初は地上波のテレビ局に提案したんだって？　君はテレビ局にツテを作りたかったんじゃないかな？　今回はテレビ局に加えてコレクトとまでツテを作れたんだから、君は大勝利だったはずだ。だから僕は君が一番の勝者じゃないかと言ったわけなんだけど、それだけのツテ——正直学生の身分としては大きすぎる」

「オレは〝群青《ぐんじょう》チャンネル〟の創設者ですからね。大きくするためにツテが欲しい、ってのはおかしな話じゃないと思いますが？」

「〝群青《ぐんじょう》チャンネル〟を大きくしたいから大企業にツテを作ると言われてもね。そもそもWe

Ｔｕｂｅに活路を求めたのは、自由にやりたいからだろう？　やっぱり納得しづらいね。君と瞬《しゅん》社長に因縁があるのは聞いている。ならば本気で潰したいから様々なツテを作っている、と考えるほうが自然だろう？」

「……なるほど。面白い推理、とだけ言っておきます」

阿部《あべ》は哲彦《てつひこ》の表情を観察していた。

この話になってから哲彦《てつひこ》の表情は恐ろしく動かない。冷たい瞳で感情を殺している。

「でもね、その陰には違う理由がある――それが僕の本当の推理だ」

「っ……！」

僅かだが、頬が動いた。

阿部《あべ》はすかさず突き付けた。

「だっていくら瞬《しゅん》社長に因縁があり、潰したいほど憎いって言っても、学生の身分でこれほどの無茶をする理由がどこにある？　君なら丸《まる》くんの存在がなくても、十年後にはいいところまで行くだろう。二十年後なら圧勝しているだろうな。辛抱するのは大変かもしれないけど、それが見通せない君とも思えない。つまり――焦る理由はなんだい？」

哲彦《てつひこ》はテーブルに置いていた空のコーヒーのペットボトルを弾《はじ》き飛《と》ばした。

カランカラン、と乾いた音を立ててペットボトルが転がっていく。

哲彦《てつひこ》が立ち上がり、パイプ椅子が倒れる。その眼《め》は血走っていた。

阿部《あべ》はこんな表情の哲彦《てつひこ》を見たことがなかった。自分が虎の尾を踏んでしまったことを理解した。

「ごちゃごちゃうるせぇんだよ！」

哲彦《てつひこ》は右手で阿部《あべ》の胸倉をつかんで引き寄せると、思いきり突き飛ばした。

壁に背中をぶつけてへたりこむ阿部《あべ》を、哲彦《てつひこ》は見下ろし叫ぶ。

「だとしたらどうした！」

推理を遠回しに肯定している。

そのことに阿部《あべ》は気がついた。

「――協力する」

まず、自分の気持ちをはっきりと告げた。

「今まで君と話していて、僕は丸《まる》くんと同様に、君にも興味を持つようになった。もし君から協力を求められるなら、僕は友として力を貸したいと思っている」

哲彦《てつひこ》は三秒ほど固まった後、無言で反転した。そして落ちていたペットボトルを拾い、ゴミ箱に投げ捨てた。

「――これだからいい子ちゃんは嫌いなんだよ」

そのまま振り向かず哲彦《てつひこ》は部屋を出た。

阿部《あべ》は追うことができず、呆然《ぼうぜん》とすることしかできなかった。

＊

……

…………

…………………


数分前までは慌ただしかったスタッフも準備が終わり、今は静かに見守っている。

視線が集まっているのがわかる。

期待に満《み》ち溢《あふ》れている。そのことにプレッシャーを感じないわけじゃない。

でも、それよりも今は高揚感が勝っている。

俺は監督に向けて一度頷《うなず》くと、ベッドに横たわり、目を閉じた。

静寂がおりてきた。本番が始まるまでにある、ほんの少しの空白。この緊張が皮膚を刺激する静寂の時間を、俺は心から愛している。

スタートの声が聞こえた。

そうして俺は〝チャイルド・キング〟の主人公――漣《れん》となる。

「なん、だ……？」

光がまぶしくて目が開けられない。

身体《からだ》が重くて起き上がれない。

舌が渇いて言葉がうまく出てこない。

「あ、れ……？」

ぼんやりと見えるシルエット——高校生くらいの女の子だ。

いや、一人じゃない。女の子は三人いる。

三人の少女は皆目を見開き、絶句している。

「漣《れん》、くん……っ！」

一人の少女が言った。

そして思い出す。自分の名前が『漣《れん》』であったことを。

そうだ、僕は〝チャイルド・キング〟。

母を殺され、復讐《ふくしゅう》のため金を追いかけた男。

医者がやってきて触診を始める。

三人の少女はやむなく出て行ったが、俺の記憶にない女の子であったため、ずっと混乱していた。

医者は診察を終えた後、奇跡だという言葉を使い、少しずつ現実を受け入れていけばいいと言って三人の少女の入室を許可した。

一人の少女が言う。

「漣《れん》くんは、六年間眠っていたの――」

その言葉で記憶がよみがえる。

叔父との戦いが決着。復讐《ふくしゅう》を終え、その場を去ろうとしたときに刺されたことを。

「まさ、か……」

「あたし、仁菜《にな》だよ」

復讐《ふくしゅう》に身も心も染めたとき、ずっと見守り、良心となってくれていた幼なじみが成長してそこにいた。

「じゃあ、こっちは……」

「美鈴《みれい》です。漣《れん》さん……」

叔父の策略に苦しんでいるところを助けた令嬢。仲間になってからはこちらがたくさん助けられた。

「雛姫《ひなき》を忘れたはず、ないわよね？」

最初は敵対していたデイトレーダーの少女。だが叔父との戦いで力を貸してくれた。

「みんな、どうして……」

「あなたを待っていたの」

重傷を負い、目を覚まさない僕を三人はずっと待っていてくれた。

六年間という途方もない時間、ずっと祈り、支えてくれていたのだ。

僕は——いや、俺は——気がついた。

——だから戻ってこられたんだって。

俺はそっと目をつぶった。
三人との思い出が脳内を駆け巡っていく。
俺は万感の思いを込めて告げた。

「——お金なんていらない。君たちさえいれば」

そしてありったけの感謝を、今できる最高の笑顔で。
うまく伝えられるかわからないけど、届けたい気持ちがあるから。
この言葉を彼女たちに送りたい。

「君たちがいたから、戻ってこられた……。ありがとう……」

三人はそれぞれ最高の微笑《ほほえ》みで受け止めてくれる。目には涙が浮かんでいた。

笑顔の中にいる俺は、心から幸せを感じていた。

…………

…………

……

〝チャイルド・キング〟はここで終わりだけど、俺たちの物語はまだ続いていく。

でも感謝の気持ちはずっと持っていたいと思う。

初心を忘れてしまったら、今まで積み上げてきたものを失ってしまいそうだから。

「――そういやさ」

ドキュメンタリーや真エンディングが公開された数日後。

いつものように教室で、俺の前に座った哲彦《てつひこ》が何気なくつぶやく。

「お前にファンクラブができたって、知ってたか？」

「…………………………………………………………ん？」

「その反応、やっぱり知らなかったんだな」

「…………………………………………………………マジ？」

「これが嘘《うそ》のような事実なんだわ。あのドキュメンタリーと真エンディングがツボに入ったらしい」

「…………………………………………………………くふふふふ」

「末晴《すえはる》？」

　俺は全身から湧き上がる喜びを我慢しきれず立ち上がった。

「ふふふふふふふふふふふふふふっ！　えっ、マジ⁉　そんな展開あるの⁉　いや〜、困っちゃうな〜。モテちゃったか〜。いやいや、そんなたいしたことしてないのになぁ〜」

「ほんっとお前、モテないこと丸わかりの反応だな。クソウザくて殺意湧くわ」

「あ、でもこれもしかして夢か⁉　哲彦《てつひこ》、俺を叩《たた》いてくれ！」

「ほらよっ！」

「いてぇっ！　てめっ、やりすぎだろうがぁぁぁぁぁっ！」

「お前がやれと言ったんだろうがぁぁぁぁ！」

「それでも程度ってもんがあるだろぉぉぉっ！」

　俺たちがいつものように喧嘩《けんか》している背後でうごめく影があった。


「あ、ふーん……ハルのファンクラブかぁ……」

「スーちゃんに粉をかけようっていうクズが湧いちゃったわけね……」

「身の程を知らしめなければならないようですね……」


　三人の間には多少距離があり、互いを認識していない。しかし同時にこの事実を知った三人の反応はまったく同じだった。

　三人は頬を引きつらせ、手を握りしめた。

「ぶっ潰す！」

「絶滅させてあげるわ！」

「後悔させてあげましょう！」

　そして三人はそこでようやく互いの存在に気がつき、顔を見合わせた。

「「「ん……？」」」

あとがき

どうも二丸《にまる》です。今回は記念すべきことがいくつかあるので、そのことを書かせてください。

一つ目、四巻到達は二丸《にまる》史上最長です！　引き続き頑張ります！

二つ目、累計十冊目です！　デビューした際、目標としたのが『十冊出版』でした。八年七ヶ月が早いか遅いかはわかりませんが、到達できたことに大きな満足感を覚えています。

三つ目、二〇二〇年三月末で仕事を辞め、専業作家となりました。

デビュー以来ずっと私は勤め先で許可を取って兼業作家をしていましたが、おさまけのおかげで専業となる決意ができました。より精力的に執筆活動を行っていきますので、応援いただければ幸いです！

ということで四月中に岐阜《ぎふ》から東京へ引っ越す予定だったのですが……コロナで延期に……。

この本が店頭に並ぶころどうなっているかわかりませんが、岐阜《ぎふ》にいることでなかなか話せなかった皆さん、東京へ引っ越した際は、よければ飲みに付き合ってください。

さて東京へ引っ越すというのは、私のペンネーム『二丸修一《にまるしゅういち》』の由来と関係があります。

私はペンネームをつける際、いくつか条件を考えました。

『格好をつけない（格好をつけるのは性に合わない）』『他にあまりない名前（検索がしやすいように）』『できればちょっとしたしゃれっ気を（由来を語るとき楽しめるかな、と）』

私は大学＋社会人三年間を東京で過ごしたのですが、その七年間を過ごしたマンションの部屋の番号が二〇三号室でした。……はい、二〇三→二丸《にまる》三→二丸《にまる》さん――というわけです。しゃれっ気どころか、ジョークにすらなってないじゃないか！（絶望）

ちなみに修一《しゅういち》は本名が秀一《しゅういち》で、画数を調べたら修一《しゅういち》のほうがよかったという単純な理由です。

なぜ東京在住時の部屋の番号をつけたかというと、私はいろいろ無茶をし過ぎて、身体《からだ》と心の具合が悪くなり、東京から地元の岐阜《ぎふ》に帰りました。ですが夢を抱いてあがいた気持ちを忘れたくなく、挑戦する意志と無茶をし過ぎた自戒を込めようと思った……という次第です。

今、干支《えと》が一周するほどの時間を経て、当時の夢を叶《かな》え、再び東京へ行くことができる。仲間とより切磋《せっさ》琢磨《たくま》できる。それが何より嬉しいです。

これも応援いただいている皆様、編集の黒川《くろかわ》様、小野寺《おのでら》様、イラストのしぐれうい様のおかげです。本当にありがとうございます！　あとコミックアライブ連載中、井冬良《いとうりょう》さんが描くおさまけのコミック一巻が五月二十三日発売しました！　コミックには書き下ろし掌編『〜寝ぼけた黒羽《くろは》が絶対にイチャイチャしてくるラブコメ〜』もあります！　みんなぜひ読んで！

二〇二〇年　四月　二丸修一《にまるしゅういち》

OSANANAJIMI GA ZETTAI NI MAKENAI LOVE COMEDY

次回予告

私立穂積野高校。
平凡な進学校と言っていいこの高校に
激震が走る。

丸末晴ファンクラブ結成！

潜在的にはいたが、
末晴の普段のバカな言動のせいで
表に出ることをためらっていた女性ファンたち。
それがドキュメンタリーと
真ＥＤの感動的内容で活性化し、
一大勢力となるほどにまで成長しようとしていた。

そのことに危機感を募らせた
黒羽、白草、真理愛。
険悪にして天敵。
呉越同舟。
不倶戴天。
狐と狸の化かし合い。

まさかのまさか！
策謀渦巻く三人の
奇跡にして驚天動地の——

共同戦線、成立。

NEXT
SHUICHI NIMARU PRESENTS
VOLUME

「今回だけよ」「しょうがないわね」「緊急事態ですから」

しかし学校内は混迷を極めていた……。

ファンクラブがあるのは末晴だけではない！

【志田黒羽ファンクラブ】――通称〝ヤダ同盟〟

【可知白草ファンクラブ】――通称〝絶滅会〟

【桃坂真理愛ファンクラブ】――通称〝お兄ちゃんズギルド〟

嫉妬は交錯し、大騒動へと発展。

「びっくりするほど気持ち悪いな、こいつら」

呆れる哲彦を尻目に混乱は加速していく。

次回第五巻、

学園大乱闘編！

幼なじみが絶対に負けないラブコメ 5

VOLUME：FOUR

近　日　発　売　予　定　！

◉二丸修一 著作リスト

「ギフテッドⅠ～Ⅱ」（電撃文庫）
「女の子は優しくて可愛いものだと考えていた時期が俺にもありました1～3」（同）
「幼なじみが絶対に負けないラブコメ1～4」（同）
「嘘つき探偵・椎名誠十郎」（メディアワークス文庫）

本書に対するご意見、ご感想をお寄せください。

ファンレターあて先
〒102-8177　東京都千代田区富士見2-13-3
電撃文庫編集部
「二丸修一先生」係
「しぐれうい先生」係

本書は書き下ろしです。

電撃文庫

幼《おさな》なじみが絶対《ぜったい》に負《ま》けないラブコメ4

二丸修一《にまるしゅういち》

◇◇◇

2020年６月10日　初版発行
2021年３月15日　６版発行

発行者　青柳昌行
発行　株式会社KADOKAWA
〒102-8177　東京都千代田区富士見2-13-3
0570-002-301（ナビダイヤル）
装丁者　荻窪裕司（META＋MANIERA）
印刷　株式会社暁印刷
製本　株式会社暁印刷

●お問い合わせ
https://www.kadokawa.co.jp/（「お問い合わせ」へお進みください）
※内容によっては、お答えできない場合があります。
※サポートは日本国内のみとさせていただきます。
※ Japanese text only

※定価はカバーに表示してあります。

ISBN978-4-04-913213-7　C0193　Printed in Japan

電撃文庫　https://dengekibunko.jp/

電撃文庫創刊に際して

文庫は、我が国にとどまらず、世界の書籍の流れのなかで〝小さな巨人〟としての地位を築いてきた。古今東西の名著を、廉価で手に入りやすい形で提供してきたからこそ、人は文庫を自分の師として、また青春の想い出として、語りついできたのである。

その源を、文化的にはドイツのレクラム文庫に求めるにせよ、規模の上でイギリスのペンギンブックスに求めるにせよ、いま文庫は知識人の層の多様化に従って、ますますその意義を大きくしていると言ってよい。

文庫出版の意味するものは、激動の現代のみならず将来にわたって、大きくなることはあっても、小さくなることはないだろう。

「電撃文庫」は、そのように多様化した対象に応え、歴史に耐えうる作品を収録するのはもちろん、新しい世紀を迎えるにあたって、既成の枠をこえる新鮮で強烈なアイ・オープナーたりたい。

その特異さ故に、この存在は、かつて文庫がはじめて出版世界に登場したときと、同じ戸惑いを読書人に与えるかもしれない。

しかし、〈Changing Times,Changing Publishing〉時代は変わって、出版も変わる。時を重ねるなかで、精神の糧として、心の一隅を占めるものとして、次なる文化の担い手の若者たちに確かな評価を得られると信じて、ここに「電撃文庫」を出版する。

1993年6月10日
角川歴彦